ヘタな人生論より
イソップ物語

植西
Uenishi Akira
聰

河出書房新社

デザイン――印南和磨
イラストレーション――嶋口信義

幸せになる知恵がいっぱいの大人の教科書◉まえがき

イソップ物語は、はるか昔から、世界でもっとも親しまれ、読み継《つ》がれてきた〝動物を登場人物に仕立てた物語〟です。

当時（紀元前六〇〇年ごろ）、ギリシャの国を牛耳《ぎゅうじ》っていた独裁者の圧政のなかでは、言論の自由が許されなかったのでしょう。イソップなる人物が、政治や社会情勢の風刺《ふうし》を動物にたとえて主張したのが、イソップ物語の誕生につながっていったとされています。

イソップ物語には、「アリとキリギリス」「ウサギとカメ」「北風と太陽」「オオカミ少年」など、誰もが知っている話をはじめ、四〇〇篇以上の話があります。私も子供のころ、よく両親や学校の先生に話してもらったり、絵本などでみた記憶があります。

私は一五年以上にわたり、カウンセリング活動を行なってきました。ビジネスマンやＯＬをはじめ、多くの方からさまざまな相談を受け、共に答えを探し、応援してきたのですが、じつは最近になって、ふと、こんな思いにかられるようになったのです。

「イソップ物語には、現代人にとって不可欠な〝成功のノウハウ〟のヒントがいっぱい満ちている」と。そこで、イソップ物語をもう一度、独自の視点でみつめ、そこから新たな教訓を導きだそうと考えたのです。

たとえば、かの有名な「ウサギとカメ」の話は一般に、「コツコツと努力すれば、いつか報《むく》われるときがくる」「いくら才能があっても、なまけていれば成果があらわれない」ことを意味しているといわれています。なるほど、その点に関していえば、私も異論はないのですが、次のように解釈できなくもありません。

「夢の実現や成功のゴールを目指して、ひたすら邁進《まいしん》するだけが人生じゃない。身体を酷使《こくし》して、つき進むことだけを考えていると、志半ばで病気でダウンしたり過労死してしまうことだってある。そうなったら、それまでの努力が水の泡になってしまう。だったら、カメのように、あまり無理せず、ひたすらマイペースでゴールを目指したほうが賢明である」と。

いかがでしょう。子供のころに教わった教訓とは〝ひと味ちがった何か〟がみえてくるのではないでしょうか。

＊　＊

いっぽうで、話をじっくり読み解いていくうちに、「ここにあるのは成功のノウハウだけではない。すべての人が生きていくうえで知らなければならない〝真理〟がつまっている」ということに、あらためて気づかされたのです。

一つ一つの話は短く、単純なものばかりです。その教えも、素直に読めば、「ウソをつくと天罰《てんばつ》が下る」「人にやさしくすると、自分にも返ってくる」「コツコツ努力すれば、いつか花が咲く」……など、「清く、正しく、美しく」人間として当たり前のことをきちんと守っていれば、かならず報われる、という勧善懲悪《かんぜんちょうあく》的なものがほとんどです。

しかし、この当たり前のことを当たり前にできない人が、なんと多いことか。ここに人間の弱さがあり、これも永遠不滅の真理ともいえるわけですが、いまの世の中でもやはり、みんながウソをついたり、見栄をはったり、腹を探りあったりで自分を見失い、逆に正直に生きている人がバカをみている。でも、イソップ物語が教えてくれるような生き方をすれば、かならず幸せに結びつく、というのも、これまた人生の真理なのです。

* *

私は、大学卒業後、化粧品会社に入社し、マーケティング関係の業務についていました。大学で人間の行動心理を学んでいた私は、仕事を通じて、さらに人間の行動に興味をもち、この分野の研究をすすめようと、脱サラしたのです。

以後、一五年以上にわたってカウンセリング活動を行ない、多くの人の心の奥や成功体験にふれるかたわら、ニューソート（アメリカを大国に導いた思想）、メンタルサイエンス、ポジティブ・シンキング等の成功哲学の研究に従事してきました。

そこで得た真理の一つに、「人生（運命）の善し悪しというものは、その人の心の状態によって決まる」ということがあげられます。人間の心の奥底にある潜在意識には、ある思いを受け入れると、それをさまざまな現象として引き起こす性質があるようなのです。良いことを考えれば、潜在意識はそれを実現するために良いことを次々と引き起こすし、悪いことを考えれば、やはりその悪事を実現するために悪いことを引き起こします。

これは他人にたいしても同様で、相手にたいする感情は良くも悪くも、おうむ返しのように自分に跳ね返ってきます。相手に良い感情を抱けば、相手もあなたに良い感情を抱き、なんらかの良い結果をもたらしてくれます。

虫のいい話に思えるでしょうが、私の実体験や、私が接した多くの人の例をみると、やはり、これは真実としかいいようがないのです。

本書には、そうした実例を数多く紹介しました。仕事、家庭、プライベートといった人生のさまざまな場面で、またビジネスマン、ＯＬ、主婦、学生など多種多様な人の例を紹介しようとしましたが、私が得意とする守備範囲の問題もあって、ビジネスシーンでの話が少々多くなってしまったことは、あらかじめご容赦《ようしゃ》ください。

さあ、これを機会に、あなたももう一度、イソップの世界に足を踏み入れてください。

「人生で大切なことはみんなイソップ物語が教えてくれる」

この本で紹介する七一のお話から、幸せに生きるヒントを一つでも多くつかんでいただくことを願っております。

植西　聰

ヘタな人生論より

イソップ物語

もくじ

イソップから学ぶ幸せのヒント①

あなたは他人をどこまで思いやれますか

イソップから学ぶ幸せのヒント②

あなたは他人に喜びを与えていますか

イソップから学ぶ幸せのヒント③

あなたは毎日を悲観的に生きていませんか

イソップから学ぶ幸せのヒント④

あなたは自分に正直に生きていますか

イソップから学ぶ幸せのヒント⑤

あなたは夢や希望を捨てていませんか

イソップから学ぶ幸せのヒント⑥

あなたは強い信念をもって生きていますか

イソップから学ぶ幸せのヒント①

あなたは他人をどこまで思いやれますか

良好な人間関係を築《きず》くことは幸せの第一歩。なにごとも自分一人の力だけでうまくいくことなどあり得ない。友人、恋人、親子、上司と部下…周囲の人たちの応援と協力によって幸福はもたらされるが、それはすべて、他人を思いやる気持ち（尊重思考）があってこそ可能になる。こんなことは頭ではみんなわかっているが、常に相手の立場でモノを考え、相手の心の痛みをわかろうとすることが、実際にはどれほど難しいことか。

でも、思いやり、誠意、やさしさ、共感能力、相手を持ち上げようとする姿勢などを忘れなければ、あなたは裏切られる恐怖から逃れることができるばかりか、思いがけない所から大きなチャンスを運んできてくれる人まで現れるようになるのである。

あなたが人を嫌えば
その人もあなたを嫌う●カシの木と神様

　ある日《ひ》、畑《はたけ》の近《ちか》くに生《は》えていたカシの木《き》が神様《かみさま》に不満《ふまん》を申《もう》し立《た》てました。

「神様《かみさま》！　私《わたし》は農民《のうみん》から嫌《きら》われ、枝《えだ》を斧《おの》で切《き》られるなどして、酷《ひど》い目《め》に遭《あ》っています。私《わたし》はこんな目《め》に遭《あ》うために生《う》まれたのですか？」

　すると、神様《かみさま》はこう答《こた》えました。

「お前《まえ》は何《なに》か勘違《かんちが》いしているようだな。お前《まえ》の境遇《きょうぐう》は自分自身《じぶんじしん》で招《まね》いたものだ。もし、農民《のうみん》に切《き》られるのが嫌《いや》だったら、自分《じぶん》の性《せい》質《しっ》を変《か》えることだ」

　こういわれて、カシの木《き》は反省《はんせい》しました。いわれてみれば、枝《えだ》をどんどん伸《の》ばすため

に、畑《はたけ》が日陰《ひかげ》になって作物《さくもつ》に悪《わる》い影響《えいきょう》を与《あた》えてしまっていたからです。

作物《さくもつ》を守《まも》るために、農民《のうみん》はしようがなくカシの枝《えだ》を切《き》っていたのです。

この話を人間関係に置き換えていうならば、次のように解釈《かいしゃく》できなくもありません。

「相手のあなたにたいする態度は、あなたの相手にたいする態度そのものである」と。

つまり、あなたのことを嫌っている相手がいたとしたら、それはあなたが相手のことを嫌っているからなのです。

たとえば、つい最近も、二五歳のＯＬから、「直属の上司が同僚と比較して『計算間違いが多すぎる。同僚の誰々さんをすこしは見習いなさい』とか『誰々さんのほうがキミよりもずっと頼《たよ》りになる』と、イヤミな言葉を浴びせかけてくるんです。侮辱《ぶじょく》されたかと思うと、腹が立って、腹が立って……」という相談を受けました。

このとき私は、「失礼ですが、あなたは上司にたいして、日ごろから『なんてイヤミな男なんだろう』とか『あの課長はどうも好きになれない』という感情を抱いていませんか？」と質問してみました。すると、彼女は黙ったままクビをたてに振りました。

上司が彼女にイヤミな言葉を浴びせかけてくる理由は、これで明らかです。

私は彼女に次のようにアドバイスしました。

「『上司のことが好きになれない』『イヤミな奴』というあなたの思いが、以心伝心で相手に伝わってしまうから、相手もまたあなたに同じような感情を抱いてしまうのだと私は思います。ですから、最初のうちは抵抗を感じるかもしれませんが、あなたのほうから率先して意識革命をするように心がけてみてはいかがでしょう。

つまり『自分が課長を嫌ったりしたから、その思いが跳ね返ってきたんだ。これからは誠意をもって接していこう』という気持ちを抱くようにするのです」

なお、この理屈は上司との関係のみならず、あらゆる人間関係に当てはめて考えられます。

「同僚の誰々が陰で自分の悪口をいってるようだ」「最近、友人の誰々が急に冷たい態度をとるようになった」という場合、一方的に相手を嫌ったり、憎んだりする前に、自分自身の行ないに非がなかったかどうかを、まずは点検してみてください。

そして、思い当たるところがあれば真摯《しんし》に受け止め、改善するように努める。謝って済む問題ならば、二人のあいだのシコリが大きくなる前に、あなたのほうから頭を下げる。こうした謙虚な姿勢を保ちつづけていれば、相手のあなたにたいする態度も次第に変わるはずです。

案外、この話にでてくるカシの枝のように、私たちは自分では気がつかないところで、他人に不愉快な思いをさせたり、不快感を与えている場合だってあることを、くれぐれも忘れてはいけません。

人に優しくしないと　あなたも優しくされない●キツネとツル

　ある日《ひ》、キツネがテーブルにスープを用意《ようい》して、ツルを食事《しょくじ》に招《まね》きました。

　しかし、スープは平《ひら》たいお皿《さら》に平《たい》らに入《い》れられていたため、ツルの長《なが》いクチバシでは吸《す》うことができません。テーブルの上《うえ》は、飛《と》び散《ち》ったスープで汚《よご》れ、自慢《じまん》の白《しろ》い羽《はね》も、スープでグショグショです。

　それをみたキツネはニヤッと笑《わら》いながら、こういいました。

「あれ、ツルさん、どうしたんですか？　なんてお行儀《ぎょうぎ》が悪《わる》い」

　それを聞《き》いたツルは怒《いか》りがこみあげ、泣《な》きながら自分《じぶん》の家《いえ》に戻《もど》りました。

　それから一年後《いちねんご》、今度《こんど》はツルがキツネを食事《しょくじ》に招待《しょうたい》しました。一年前《いちねんまえ》のことをすっかり忘《わす》れていたキツネは、ごちそうを食《た》べようとノコノコとやってきたのです。

　しかし、ツルが用意《ようい》したごちそうは細長《ほそなが》いツボに入《はい》っていたので、キツネはうまく食《た》べられません。でも、キツネはとてもお腹《なか》が空《す》いていたので、どうしても食《た》べたくて、前足《まえあし》をツボのなかに入れて、ごちそうをとろうとしました。

　それでも、あまりにもツボが細長《ほそなが》いため、食《た》べ物《もの》にどうしても届《とど》きません。

それをみたツルは、こういいました。

「おや、キツネさん、どうしたの？　食器《しょっき》のなかに前足《まえあし》を突《つ》っ込《こ》んだりして……。お行儀《ぎょうぎ》が悪《わる》いですよ」

ツルの言葉《ことば》にキツネは腹立《はらだ》たしくなり、帰《かえ》ろうとしましたが、今度《こんど》は前足《まえあし》がツボから抜《ぬ》けなくなりました。

仕方《しかた》なく、キツネはツボを履《は》いたまま、泣《な》きながら家《いえ》に戻《もど》りました。

「人間関係は鏡のようなもので、意地悪な行為をすれば意地悪な行為で返される。反対に親切にふるまえば、相手も親切にしてくれる」ということを、この話は解き明かしています。

ちなみに、イソップのこの教えは、私が提唱《ていしょう》する〝心の法則〟とも一致しています。

私たち人間の運命というものは、ふだん、自分でも意識しないところで、潜在意識によってコントロールされています。潜在意識というのは心の奥底にあり、無意識のうちに自分の行動を支配するものですが、この潜在意識には、一人一人の個人のものと、心の大海原《おおうなばら》ともいえる人間共通の潜在意識（ユングはこれを集合的無意識と命名）があり、人々の間でそれらはつながっています。端末のパソコンを個人の潜在意識、ホストコンピュータを人間共通の潜在意識、と考えればわかりやすいでしょう。

潜在意識は、人間の思いを受け入れると、それを現象として具体化しようとする性質があります。たとえば、いいことを考えれば、いい現象が、悪いことを考えれば、悪い現象が起こるというわけです。これが心の法則ですが、人間関係もこの影響を受けます。

相手にたいする感情は良くも悪くも、個人のパソコンからホストコンピュータを通じ、おうむ返しというブーメランのような作用で自分のところへ跳ね返ってくる仕組みになっているのです。これは人生の摂理《せつり》ともいえそうで、なぜか、かならずそうなるものなのです。

そうだとしたら、私たちはこの作用を活用しない手はありません。鏡に向かってあなたが微笑《ほほえ》めば、鏡に映っているあなたが微笑み返すのと同様、あなたが他人にたいする心の態度を改善すれば、相手もあなたにたいして心の態度を改善するようになるからです。

しかし「言うは易《やす》く、行なうは難《かた》し」とはよくいったもので、理屈ではわかっていても、なかなかそれを実行に移せないのが、人間の常というものです。なかでも、相性の悪い人にたいしては、どのようにして自分のほうから心の態度を改善していけばいいのか、戸惑《とまど》ってしまうのではないでしょうか。

しかし、そんなに難しく考える必要はありません。相性の悪さというものを逆手《ぎゃくて》にとればよいのです。具体的にいうと、相性の悪い者同士というのは、お互い、心の内で、「自分のほうが相手よりも優れていたい」という欲求が働いています。そこでその欲求を、あえて、あなたのほうから満たしてあげるのです。相手の長所を口にだして認めてあげるようにするのです。

たとえば、職場の同僚とウマが合わず、会話もほとんど交わさないというのであれば、一念《いちねん》発起《ほっき》して、相手の優れた点を、次のようにほめてあげてみてはいかがでしょう。

「キミって文章力があるんだな。恐れ入ったよ」

「あなたってパソコンの操作が上手なのね。どうすれば、あなたみたいにできるのかしら」

こういわれて、むくれる人はまずいません。相手もまた、あなたにたいして好意的な態度をとるはずです。さらにまた、

「お弁当を毎日、自分でつくってくるなんて、あなた偉いわね。それにとても美味しそう。私も見習わなくちゃ。今度、美味しいロールキャベツのつくり方を教えてほしいわ」

「キミ、ボサノバを聴くんだって？　いい趣味をしているねえ。何かいい曲を教えてよ」

と、相手の得意分野や関心事などを尊重し、ほめてあげるのも手です。

最初のうちは、抵抗を感じたり、ぎこちない言い方しかできないかもしれません。しかし、この話に登場するキツネとツルのように、スキあらば、相手を陥《おとしい》れ、意地悪をしてやろうとするよりも、精神的にずっと健康といえるのではないでしょうか。

また、一度ほめて、無視されたり、反発されたからといって、腹を立ててしまっては、元の木阿弥《もくあみ》になってしまいます。「それまで険悪だったわけだから、二人の仲はすぐには改善しないもの」ぐらいに考えて、何度も何度もくり返してみてください。以心伝心とはよくいったもので、相手もあなたにたいする言動を、いつか、かならずポジティブな方向に変えるようになります。これは人生の絶対真理です。

人の不幸を望むと自分も不幸になる●ミツバチと神

ミツバチが自分《じぶん》のミツを人間《にんげん》にとられるのが惜《お》しくなり、神様《かみさま》のところへお願《ねが》いにいきました。

「人間《にんげん》が巣《す》のなかに溜《た》めたミツをとりにくるので困《こま》っています。どうか、ハチの巣《す》に近《ちか》づく者《もの》を脅《おど》かすための武器《ぶき》を与《あた》えてください」

すると神様《かみさま》はミツバチのいうとおりに〝毒針《どくばり》〟という武器《ぶき》を与《あた》えてやりました。しかし同《どう》時《じ》に、その針《はり》を使《つか》うと自《みずか》らも死《し》んでしまうという欠点《けってん》も与《あた》えたのでした。以来《いらい》、ミツバチは毒針《どくばり》を使《つか》って人間《にんげん》をこらしめようとすると、自分《じぶん》も死《し》んでしまうようになりました。


この話はいろいろな教訓をあらわしていると思いますが、私は次のように解釈しました。

「人を呪わば穴二つ。他人の不幸や失敗を望むと、いつしか自分に跳ね返ってきてしまう」

「他人を憎んだり妬《ねた》んだりすると、自分の運命がますます悪化してしまう」

世の中にはライバルとの出世争いに躍起《やっき》になるあまり、相手を陥れて不幸にしてやろうと画《かく》策《さく》したところ、なんと自分が取り返しのつかない大きなミスを犯してしまい、左遷《させん》や解雇の憂《う》き目に遭ってしまったなどという話を耳にすることがあります。

また、三角関係のもつれから、「彼女さえいなければ、彼は私のものなのに……。彼女なんて病気になってしまえばいいのよ」と思いつづけているうちに、自分が重病にかかってしまい、挙句《あげく》の果てには彼氏からふられてしまった、などという話もよく耳にします。

他人の不幸や失敗を望む気持ち、あるいは憎しみや妬みといったマイナスの想念は、前述したおうむ返しの作用で自分のところへ跳ね返ってきてしまうからです。

ですから、そんな悲惨な目に遭わないためにも、日ごろから相手にたいする憎しみ、妬み、怒りといった感情はできるだけ排除するように努めてください。それでもマイナスの感情がふっきれないようでしたら、相手の長所や魅力のみに目を向けてください。また、相手の真意を汲み取り、相手の立場で物事を考えることも大切です。出世争いにせよ、恋愛にせよ、大変な事情を抱えている可能性があるのです。

人を裏切ると自分も痛い思いをする●ワシとキツネ

ワシとキツネがとても仲良《なかよ》くなり、近《ちか》くに住《す》むことにしました。

ワシは大《おお》きな木《き》に巣《す》をつくり、キツネはその木《き》の根元《ねもと》の草《くさ》むらを住《す》みかにして、お互《たが》いに子供《こども》を産《う》んだのです。

ところが、キツネがエサを探《さが》しにでかけたスキを狙《ねら》って、食《た》べ物《もの》がなくて困《こま》っていたワシはキツネの赤《あか》ちゃんをさらい、ヒナたちと一緒《いっしょ》に食《た》べてしまいました。

帰《かえ》ってきたキツネはワシの仕打《しう》ちに激怒《げきど》し、大《おお》いに悔《くや》しがりました。

しかし、ワシの住《す》む高《たか》い木《き》の上《うえ》では仕返《しかえ》しもできないため、いっそう腹《はら》を立《た》てて、ワシのことを呪《のろ》ったのでした。

「親友《しんゆう》だなんていっておきながら、私《わたし》の赤《あか》ちゃんをエサにするなんて、あまりにも酷《ひど》すぎる。いますぐにでも、ワシの巣《す》に上《あ》がって仕返《しかえ》ししたいけど、あんな高《たか》い所《ところ》まではとても上《のぼ》れない。天罰《てんばつ》でも当《あ》たればいい

んだ」

数日後《すうじつご》、キツネの望《のぞ》みどおりのことが起《お》こりました。

神様《かみさま》への儀式《ぎしき》としてヤギが焼《や》かれているとき、ワシは火《ひ》のついたヤギの内臓《ないぞう》を盗《ぬす》んで巣《す》に持《も》ち帰《かえ》ったまではいいのですが、その火《ひ》が巣《す》に燃《も》え移《うつ》って火事《かじ》になり、ワシのヒナは地面《じめん》に落《お》ち、キツネに食《た》べられてしまったのです。


この話も前項の話とよく似ており、「他人を裏切ったり、傷つけたりすると、いつしか自分に跳ね返ってきてしまう」ということを意味しています。

この本を書いている途中、知人からこんな話を聞きました。

不倫の末、妻子から夫を奪って結婚したN子さんは、子供にも恵まれ、幸せな日々を送っていました。ところが、結婚して三年もすると、ふたたび夫に浮気心が芽生え、若いOLと不倫するようになったというのです。夫はまったくといっていいほど家庭をかえりみず、愛人のためにお金をたくさん使ってしまうので、N子さんと子供の生活は質素で暗く寂しいものになりました。そして、夫がN子さん個人の貯金通帳からお金をひきだそうとした事実を知ったとき、とうとう彼女の怒りが爆発。不倫相手のところへ怒鳴りこんでいったのです。

しかし、皮肉にも相手の女性から、こういわれてしまいました。

「あなただって不倫して彼を奪ったんでしょ。だから、あなたに私を責める資格なんてないわ。

そのとき、前の妻子はもっと辛い思いをしたはずよ」

相手の女性からこういわれたとき、N子さんには返す言葉もなく、黙って引き下がるしかありませんでした。そして、それが原因で心を病み、離婚することになったのです。因果応報とはよくいったもので、前妻にしたことが巡り巡って、自分に跳ね返ってきてしまったのです。この悲劇談を聞いたとき、私は真っ先に「ワシとキツネ」の話を思いだしたのです。

もちろん、このことは不倫以外のこと、つまり仕事や人間関係にも当てはまります。願いを実現させようと躍起になるあまり、誰かを傷つけたり陥れる行為だけは、くれぐれも謹んでください。

いや、むしろ、誰かを傷つけてしまった場合、いつか自分にも跳ね返ってくることを覚悟するぐらいの気持ちでいてください。相手にした仕打ちは、かならず、自分に返ってきます。もし、返ってこないとしても、あなたがよほどの悪人でない限り、罪の意識が心に影を落とし、よくない結果をもたらします。

たとえば、心配ごとは仕事のミスを生み、どこか影のある暗い表情は人間関係をよい方向へとは導きません。結果として、自分に不利が生じるのです。

ですから、夢や願望に向かって行動する場合、周囲の人を傷つけていないかどうか、常に細心の注意を払うくらいの気配りが欲しいものです。別の言い方をすれば、他人の心を傷つけまいと思いやりをもって接してゆく姿勢は、ほかならぬ自分のためでもあるのです。

憎い相手を許せれば人はあなたを認める●火を運ぶキツネ

ブドウ畑《ばたけ》や果樹園《かじゅえん》を荒《あ》らしまわる、いたずら好《ず》きのキツネがいました。

ある日《ひ》、被害《ひがい》にあった男《おとこ》が腹《はら》を立《た》て、こらしめてやろうと、キツネを捕《つか》まえました。

そして、シッポに布《ぬの》を縛《しば》りつけ、その先《さき》に火《ひ》をつけて、こういって逃《に》がしました。

「いたずらギツネめ。じわじわと炎《ほのを》に焼《や》かれて苦《くる》しむがいい」

しかし、その様子《ようす》をみていた神様《かみさま》は、この残酷《ざんこく》な仕打《しう》ちをする男《おとこ》をこらしめてやろうと考《かんが》え、シッポに火《ひ》がついたキツネを、男《おとこ》の畑《はたけ》に向《む》かって走《はし》らせるように仕向《しむ》けたのです。

男《おとこ》が慌《あわ》てて追《お》いかけても後《あと》の祭《まつ》りでした。
しばらくすると、畑《はたけ》は炎《ほのお》に包《つつ》まれ、収穫《しゅうかく》する直前《ちょくぜん》だった大切《たいせつ》な作物《さくもつ》は全滅《ぜんめつ》してしまいました。

「いたずらや、酷《ひど》い仕打ちをされたからといって、逆上して、より酷い仕返しをしようとすると、事態はさらに悪くなったり、大きなしっぺ返しを食らうハメになる」ということをこの話は解き明かしています。

では、こういうケースに遭遇した場合、どのように対処すればいいのでしょう？

結論から述べると、許容心をもつことが重要となってきます。

たとえば、私はサラリーマンの方々から、「上司や同僚が自分のプランを横取りした。絶対に許せない」といった内容の相談を受けることがあります。

この種の問題で感情的になっている人たちにたいして、私はかならず、次のようにいうようにしています。

「あなたの腹立たしい気持ちはよくわかります。しかし、たとえ相手に一方的な非があろうとも、憎みつづけたり、恨みつづけたりしてはいけません」

つまり、人間共通の潜在意識にはおうむ返しの作用があるため、相手にたいしてマイナスの感情を抱きつづけていると、自分にも跳ね返ってきてしまうことを指摘した後、「最初はものすごく抵抗や反発を感じるかもしれませんが、許容心をもって相手を許してあげてください」と説くようにしているのです。

ちなみに、私がいう許容心とは、相手の罪を免ずるという意味だけにとどまりません。相手があなたに大きな損害を与えたとしても、あるいは裏切り行為にでたとしても、一方的に責めたり非難するのではなく、「なぜ、相手はこういう行動をとったのか？」「何が彼（彼女）をそういう衝動に駆り立てたのか？」など、相手の立場になって考える精神的なゆとりをもつということです。

実際、私がこういうと、相談にみえた方の多くは、ハッとこんな事実に気づきます。

「もし、あの会議で部長が手柄を立てられなかったら、間違いなく降格かリストラの対象になっていただろう。やむにやまれぬ事情で、ああいう行動をとったのかもしれない」

「考えてみれば、同僚は最近ずっと営業成績が落ち込み、窮地《きゅうち》に追い込まれていた。もし、私のプランを横取りしなければ、いまごろは地方に飛ばされていたかもしれない」

できることなら、一度ぐらいのあやまちは、水に流してあげましょう。相手のあやまちを水に流すという感情は、人間共通の潜在意識に相当量のプラス想念を刻み込むことになるため、大変いい意味でのおうむ返しの作用が期待できるからです。

ただ、問題は、相手が明らかに悪意をもってあなたに酷い仕打ちをしてきた場合です。でも、この場合も、相手の心のリズム（感情）に波長を合わせてはなりません。先程から申し上げているように、悪意はかならず悪意を生みます。だから、悪意を向けられたときは、むしろ、「可《か》哀相《わいそう》な人だ。この先どうなるかも知らないで……」と、同情してあげるくらいの余裕をもつといいでしょう。精神的にもこちらが優位にたつことができ、気持ちは安定します。

キツネに残酷な仕打ちをした男に天罰がくだったのと同様、当人が人間共通の潜在意識のおうむ返しの作用により、酷い仕打ちを受けるのは時間の問題なのですから。

親の生き方や言動を見て子供は育つ●子ガニと母ガニ

母《はは》ガニが子《こ》ガニを連《つ》れて散歩《さんぽ》にでかけました。

しばらくすると、母《はは》ガニは子《こ》ガニの歩《ある》き方《かた》をみて注意《ちゅうい》しました。

「お前《まえ》、歩《ある》き方《かた》がちょっと変《へん》だよ。横歩《よこある》きばかりしないで、まっすぐに歩《ある》きなさい」

すると、子《こ》ガニはこう返答《へんとう》しました。

「ボクはお母《かあ》さんの真似《まね》をして歩《ある》いているだけだよ」

「最近の若者は礼儀を知らない。言葉づかいもなってないし、悪いことを平気でする」と若者を一方的に非難する大人がいますが、私はそういう人をみるたびに、自分のことは棚に上げて子ガニの歩き方を注意する母ガニを思いださずにはいられません。

「親の背中をみて子供は育つ」とはよくいったもの。子供は親や周囲の大人をみて育つわけですから、若者の言動を非難する前に、自分自身がいいお手本となるように心がけることが大切なのではないでしょうか。

そして、この原理は組織における人間関係、すなわち後輩や部下にたいする接し方にもそのまま当てはめて考えることができます。

たとえば、目下の者がミスを犯し、あなたが注意しなくてはならない立場にあるとしましょう。このとき「バカヤロー！」と頭ごなしにガミガミと怒鳴ったり、相手の非ばかり責めるような叱り方をするのは好ましくありません。高圧的な言い方をされれば、目下の人間といえども反発したくなったり、なかには自己嫌悪に陥ってしまい、やる気や自信をなくしてしまう人だっているからです。

そこで、目下の者を叱る場合のコツとして、至らぬ点だけを注意するのではなく、最初にほめてあげてみてはいかがでしょう。

太平洋戦争時、日本海軍の元帥だった山本五十六《いそろく》も、「やってみせ、いってきかせて、やらせてみせ、ほめてやらねば、人は動かず」と述べています。人に手本を示すべく、まず自分が率先して行ない、やり方や要領を教え込んでから、実際にやらせてみる。その結果を注意する前にほめることが肝心だ。だいいち、最初に認められれば、誰でも嬉しい気分になり、発奮《はっぷん》する意欲も湧いてくる、といっているのです。

具体的にいうと、

「君の企画書をみたけど、文章が読みやすくて明快だね。説得力もある。なかなかやるじゃないか。感心したよ。でも、誤字・脱字だけは気をつけような」

「君ってワープロ操作が本当に上手いんだね。これで変換ミスがなければパーフェクトじゃないか」

というような言い方を心がけるとよいでしょう。

身だしなみが気になった場合もしかり。まず、いい点をほめ、その後、さりげなく、

「おっ、今日は素敵なネクタイをしているじゃないか。なかなかのセンスだよ。だけど、ちょっと曲がっているぞ」

「今日のスーツ、とても素敵よ。これで髪の毛を短くしたら、もっとかっこよくなるんじゃないかしら」

といった感じで注意してみてください。効果はてきめんというものです。

ところで、これがもっとも大事なことですが、目下の者を叱る以前の問題として、「自分自身が的確に指示を下したか?」「キチンとレクチャーしたか?」「自分の指図に落ち度はなかっ

たか？」といった自分点検を行なうようにしてください。

そして、問題点があれば、まじめに受け止め、反省し、同じあやまちはくり返さないようにする。自分ではキチンと指示したつもりでも、イソップ物語に登場する母ガニと同じように、自分のことを棚に上げている場合もあることを忘れてはなりません。

陰口を言うと、あなたは信用されなくなる●キツネとキコリ

キツネが狩人《かりうど》に追《お》いかけられて逃《に》げている最中《さいちゅう》、キコリとバッタリ出会《であ》いました。

「狩人《かりうど》に追《お》われています。どうか私《わたし》をかくまってください」

とキツネが懇願《こんがん》するので、キコリは自分《じぶん》の使《つか》っていた小屋《こや》に隠《かく》れるようにすすめました。

しばらくすると、狩人《かりうど》がやってきて、キ

ツネのことを尋《たず》ねました。キコリは、

「見《み》ていないよ」

と答《こた》えながらも、身振《みぶ》りでコッソリとキツネの隠《かく》れている小屋《こや》を指《ゆび》さしました。しかし、狩人《かりうど》は慌《あわ》てていたので、キコリの身振《みぶ》りには気《き》づかず、森《もり》のなかへいってしまいました。

その後《あと》、キツネは小屋《こや》からでてきたのですが、挨拶《あいさつ》もせず立《た》ち去《さ》ろうとしたので、キコリが、非難《ひなん》しました。

「命《いのち》の恩人《おんじん》に一言《ひとこと》もお礼《れい》の言葉《ことば》がないとは、なんて恩知《おし》らずなヤツだ」

すると、キツネは次《つぎ》のような捨《す》てぜりふを吐《は》いていってしまいました。

「あなたの行動《こうどう》と言葉《ことば》が同《おな》じだったら、きっと私《わたし》だって感謝《かんしゃ》していたことでしょう」

キツネの捨てぜりふがすべてをいいあらわしているので、詳しい解説は不要でしょう。

現代社会の人間関係に置き換えていえば、「口先で相手に同調するフリをしたり、おべっかを使っても、内心、正反対のことを考えていたり、陰口をいっていると、いつか相手もそのことに気づき、信用を失ってしまう」と解釈できます。

ここで実例を紹介しましょう。部品メーカーの営業部に所属するNさんは、誰にたいしても言葉づかいが丁寧で、相手を立てるため、初対面では好感をもたれるのですが、つきあいが長くなると敬遠されてしまうところがありました。というのも、Nさんは、その場にいない人の陰口や噂話が大好きで、それが巡り巡って、本人の耳に入ってしまうということが頻繁《ひんぱん》にあったからです。そのため、社内の人間関係もすこぶる悪く、

「Nの奴、オレの前では調子のいいことばかりいってるが、陰ではずいぶんとひどいことをいっているみたいだ。おまけに秘密にしてもらいたいことまで、皆にバラすなんて許せない」

という具合に、大勢の人たちから嫌われていました。

そんな彼が取り返しのつかない致命的なミスを犯してしまったのも、陰口というものの癖が原因していました。じつは、大口の得意先であるA社の部長の悪口をライバル会社であるB社の部長にしゃべり、それが本人の耳に入ってしまったのです。そのため、A社の部長がカンカンになってしまい、Nさんに取引停止を宣告してきたというわけです。反省したNさんが幾度となく謝罪に赴《おもむ》いても、後の祭りで、A社の部長は取り合ってはくれません。

けっきょく、Nさんは会社に多大なる損害を与え、左遷の憂き目に遭いました。もちろん、社内で彼をかばってくれる人など、誰もいなかったことはいうまでもありません。

Nさんの大失態は身からでたサビ、つまり自業自得といってしまえばそれまでですが、決して他人事では済まされません。

他人にお世辞をいったり、小利口にふるまっても、裏で陰口をたたくようでは、いつかは化けの皮がはげてしまいます。そうなれば一瞬にして信用を失うこととなり、下手をすればNさんのように一生の仕事にまで支障をきたす結果となります。

逆に、口下手であったり、口数が少なくとも、あるいは第一印象が悪かろうとも、相手に裏表のない誠心誠意の態度をみせることが大切であり、長い目でみれば、そういう人間のほうが誰からも信用されやすいのです。信用を得れば、「キミのためなら」と、協力や応援をあおぐこともできるため、結果的に一生の仕事までもが飛躍・発展するようになるのです。

感謝の気持ちを忘れるといずれは孤立する●胃袋と足

胃袋《いぶくろ》と足《あし》が、お互《たが》いの能力《のうりょく》のことで競《きそ》いあっていました。

「キミには食《た》べ物《もの》を消化《しょうか》することしか取《と》り柄《え》がないとはお粗末《そまつ》だね。悔《くや》しかったら、ボクみたいに走《はし》ってごらんよ。もし、走《はし》れなかったら、よちよちと歩《ある》くだけでいいよ」

このように自慢気《じまんげ》にいう足《あし》にたいし、胃袋《いぶくろ》は次《つぎ》のように反論《はんろん》しました。

「なるほど、キミのいうことも一理《いちり》ある。しかし、キミねえ。食《た》べ物《もの》を消化《しょうか》することしかできないというけど、ボクが栄養《えいよう》を補給《ほきゅう》しなかったら、キミはどうなるんだい？　たぶん衰弱《すいじゃく》してしまい、走《はし》ることも歩《ある》くこともできなくなると思《おも》うんだけどなあ……」


一般に、この話は「人間は誰にでも一長一短がある」ということを解き明かしているとされていますが、私はさらに一歩掘り下げ、次のように解釈してみました。

「世の中の人間はみえないところで、お互い助け合って生きている。だから、自分を取り巻くすべての人に感謝の気持ちをもたなければならない」

私がサラリーマンだったころの話です。会議の席上、新しい営業戦略をめぐって、上司のAさんと、彼の部下のB氏が口論したことがありました。双方の言い分はもっともでしたが、会議終了後、B氏にたいしてこう思ったものです。

「上司にああいう態度をとるようでは、いつか大きな墓穴を掘るのではないか」

案《あん》の定《じょう》、私の予言は見事的中しました。それから数年後、彼は地方にある支社に飛ばされてしまい、それがもとで退職してしまったからです。

なぜ、B氏は出世コースから外されてしまったのでしょう？　理由はいくつも考えられますが、一つに、いつも自分一人が手柄を立てたかのような傲慢《ごうまん》な態度をとりつづけた点が指摘できます。たしかに彼は、やり手のエリートでした。立案したプランも素晴らしいものでした。しかし「自分がこれだけ活躍できるのは、みえないところで、上司が力を貸してくれ、同僚や後輩が支えてくれているからなんだ」という自覚と感謝の念がまるでなかったのです。

どんなことにでも同じです。仕事に限らず、自分が何か大きな実績を上げた場合、「自分が一生懸命頑張った証拠だ」と思う気持ちも大切ですが、同時に「誰かがみえないところで力を貸してくれ、応援してくれたからこそ、うまくいった。ありがたいことだ」と、周囲の人たちに感謝の念を送ることが大切で、そうした謙虚な姿勢がさらなるビッグ・チャンスをもたらしてくれるのです。

人は誰でも、正直で純粋な人に味方する●金の斧と銀の斧

一人《ひとり》の若者《わかもの》が湖《みずうみ》のある森《もり》で木《き》を切《き》って暮《く》らしていました。

その日《ひ》も朝《あさ》から一生懸命《いっしょうけんめい》に木《き》を切《き》っていたのですが、うっかり手《て》をすべらせて、鉄《てつ》の斧《おの》を

湖《みずうみ》のなかに落《お》としてしまいました。

たった一《ひと》つしかない斧《おの》を湖《みずうみ》の底《そこ》に落《お》としてしまって途方《とほう》に暮《く》れていると、突然《とつぜん》、湖《みずうみ》の水《みず》が激《はげ》しく波立《なみだ》って、なかからキラキラ輝《かがや》く女神《めがみ》があらわれ、こういいました。

「これは、お前《まえ》の斧《おの》ですか？」

しかし、女神《めがみ》がもっていたのは美《うつく》しく輝《かがや》く金《きん》の斧《おの》だったので、

「とんでもありません。そんな立派《りっぱ》な斧《おの》はみたこともありません」

と若者《わかもの》が答《こた》えると、女神《めがみ》はふたたび湖《みずうみ》のなかに沈《しず》み、今度《こんど》は銀《ぎん》の斧《おの》をもってあらわれました。しかし、

「それも違《ちが》います」

と若者《わかもの》がいうと、三度目《さんどめ》にようやく鉄《てつ》の斧《おの》をもってあらわれたので、

「そうです。私《わたし》の斧《おの》はそれです。どうもあ

りがとうございました」

と、若者《わかもの》はお礼《れい》をいいながら、斧《おの》を受《う》け取《と》りました。

若者《わかもの》の正直《しょうじき》さに感心《かんしん》した女神《めがみ》は、褒美《ほうび》として、金《きん》の斧《おの》と銀《ぎん》の斧《おの》を与《あた》えました。そのお陰《かげ》で若者《わかもの》はお金《かね》にも恵《めぐ》まれ、幸《しあわ》せに暮《く》らせるようになったのです。

その後《ご》、この話《はなし》を聞《き》きつけた隣村《となりむら》の若者《わかもの》が「自分《じぶん》も金持《かねも》ちになってやろう」と考《かんが》え、湖《みずうみ》のなかにわざと鉄《てつ》の斧《おの》を落《お》としました。

すると、湖《みずうみ》のなかから女神《めがみ》が金《きん》の斧《おの》をもってあらわれ、

「これはお前《まえ》の斧《おの》ですか？」

と尋《たず》ねました。正直《しょうじき》ものへのご褒美《ほうび》だったことを知《し》らない、その男《おとこ》は、

「はい、そのとおりです。拾《ひろ》っていただいてありがとうございます」

といって、受《う》け取《と》ろうとしたのです。

その瞬間《しゅんかん》、女神《めがみ》はものすごい形相《ぎょうそう》をしてこういいました。

「お前《まえ》は本当《ほんとう》にずるくて、自分勝手《じぶんかって》で嘘《うそ》つきですね。天罰《てんばつ》がくだらないうちに、さっさとこの場《ば》を立《た》ち去《さ》りなさい！」

こうして、この若者《わかもの》は金《きん》や銀《ぎん》の斧《おの》どころか、鉄《てつ》の斧《おの》まで失《うしな》ってしまい、一生《いっしょう》、貧乏生活《びんぼうせいかつ》を余儀《よぎ》なくさせられてしまったのです。

みなさんも子供のころ、この話を絵本などで読んだ記憶があるのではないでしょうか。

「正直で純粋な態度は相手の心を和《なご》ませ、揺り動かすことができるが、ずるがしこくて打算的なふるまいは、いつか身を滅ぼす」ということを解き明かしています。

なるほど、いわれてみれば、たしかにそうかもしれません。

私が考察した範囲においても、成功や幸福を呼び込むことができる人は、どこかしら愚直《ぐちょく》なところがあり、他人にたいして誠心誠意に応対します。だから、周囲の人からも信頼され、「ここぞ」というときは、応援や協力をあおぐことができます。

反対に、成功や幸福と縁遠い人は、よく観察すると、どこかしら打算的で、ズル賢いところがあります。身勝手でいい加減なふるまいや言動が多いようにも見受けられます。そのため、周囲の人からも信用をなくし、いざというとき、誰も手を貸してくれないという寂しい事態になる、というのが実情でしょう。

ある印刷会社にAさんというう営業マンとBさんという営業マンがいました。最初のうちは話術に長《た》けたAさんのほうが周囲の受けがよく、成績も伸ばしていました。逆にBさんは「あいつは鈍くて使いものにならない」といわれるほど愚直だったので、社内の評価は高くありませんでした。しかし、入社して三年が経過すると、二人の立場は逆転してしまいました。配置転換の憂き目をみたのはAさんのほうで、それにたいしBさんは得意先から信用され、着実に成績を伸ばしていった功績が評価され、二六歳の若さで係長に昇進することができたのです。

なぜ、二人の立場は逆転したのでしょう？

いくつも理由が考えられますが、一つにAさんは平気で嘘をついたり、心にもないことをいったりするなど、舌先三寸のところが多分にあった点が指摘できます。具体的にいうと、「この物件、四日後に納品してほしいんだ」と得意先にいわれると、Aさんは「承知しました。大丈夫です」と、その場は調子よく対応するものの、実際は納期に間に合わなかったり、印刷の知識がまるでない得意先にたいして、法外な見積額を提示するなど、いい加減で、打算的な対応をすることがありました。そうしたことが積もり積もって、けっきょく、得意先から信用をなくしてしまったのです。

いっぽうのBさんは、誠実をモットーに、責任ある言動で周囲の人に接しつづけました。たとえば、Aさんと同じ状況（納期）に立たされた場合でも、「ちょっと難しいので、五日後の納品ということにしていただけませんか」と正直な対応をして、一度約束したことはかならず守るように努めました。また、打算的なところがまるでなく、名刺やハガキの印刷といった大してお金にならない仕事でも、喜んで引き受けました。だからこそ、得意先から多大な信用を勝ち取ることができたのです。

イソップ物語に登場する金と銀の斧を手にした若者。着実に営業成績を伸ばしていったBさん。二人の生き方には、共通する〝幸せのヒント〟があります。

以下の四つの共通項は、あなたの人生においてもプラスになるものです。ぜひ、実践するようにしてください。数か月後、確実に成果を実感できるはずです。

①絶対にウソはつかない。

②心にもないようないい加減な言動は慎む（自分の発言に責任をもつ）。

③相手に誠心誠意の気持ちをあらわす。

④打算的な考えは極力排除する。

相手を認め、自分も認めることが、絆を強める●棒の束

老《お》いて寝《ね》たきりになった父親《ちちおや》が、三人の仲《なか》の悪《わる》い息子《むすこ》たちの行《ゆ》く末《すえ》を案《あん》じていました。いくら父親《ちちおや》がいって聞《き》かせても、ケンカばかりしているからです。

そこで、名案《めいあん》を思《おも》いついた父親《ちちおや》が、息子《むすこ》たちを枕元《まくらもと》に呼《よ》び寄《よ》せてこういいました。

「ここにある棒《ぼう》の束《たば》を二《ふた》つに折《お》ってごらん」

父親《ちちおや》のいうとおり、息子《むすこ》たちは棒《ぼう》の束《たば》を折《お》ろうとしましたが、誰《だれ》にも折《お》ることはできません。すると、父親《ちちおや》は束《たば》をほどき、棒《ぼう》をバラして、息子《むすこ》たちに一本《いっぽん》ずつ渡《わた》しながらこういいました。

「じゃあ、この一本《いっぽん》の棒《ぼう》を折《お》ってごらん」

今度《こんど》は三人《さんにん》とも簡単《かんたん》に折《お》ることができたので、父親《ちちおや》はこういったのでした。

「この棒《ぼう》はお前《まえ》たちと同《おな》じなんだよ。バラバラだと簡単《かんたん》にやられてしまうけど、一致団結《いっちだんけつ》すれば誰《だれ》にもやっつけられやしない」


この話とよく似た話をどこかで聞いたことがありませんか？

そうです。戦国大名毛利元就《もとなり》にまつわる「三本の矢」のエピソードが、この物語とまったくといっていいほど同じなのです。その概略を簡単に説明します。

元就には三人の息子がおりました。ある日、その息子たちを呼びつけ、「矢をへし折ってみよ」といったところ、三人とも、簡単に折ることができたので、今度は「三本の矢をまとめてへし折ってみよ」といったところ、全員折ることができませんでした。そのとき、元就は息子たちにこう教え諭《さと》したというのです。

「兄弟三人がいがみあっていれば、毛利家はいずれ、敵に討ち滅ぼされよう。だが、兄弟三人が一致団結し、力を合わせれば、敵が押し寄せて来ても、打ち負かすことができる」

さて、ここまでなら、「そんなこと、いまさらいわれなくてもわかっているよ」と、あなたは思うかもしれません。しかし、じつは元就には、さらに深い思惑があったのです。

元就は側近たちに、次のようにもらしています。

「隆元（長男）は優しい性格をしており、慈悲深いところがあるので民百姓から慕われるという利点がある。元春（次男）は勇猛果敢《ゆうもうかかん》で合戦上手なところがあり、戦術家として申し分がない。隆景（三男）は経済観念が発達しており、軍資金を工面《くめん》するのが誠にうまい。三人が三人の長所を認め合い、尊重し合えば、毛利家は末代《まつだい》まで栄えよう」

つまり、私は集団でものごとを行なう場合、それが仕事ならばなおさらのこと、お互いの利点を認め合いながら協力していくことが重要であるということをここで指摘したいのです。

職場においても、学校においても、あるいは集団でボランティア活動や趣味を行なう場合においても、人にはそれぞれ役割分担というものがあります。向き・不向き、得手・不得手という言葉に言い換えてもいいでしょう。

自分が得意なことをAさんは苦手だったり、その逆の場合だってありえます。また、自分やAさんが苦手としていることが、案外Bさんの得意分野だったりする場合だってあります。だから、集団で何かを達成しようとする場合、相手の利点をキチンと認識・把握し、それを認め合うことが大切になります。そして、そうしたお互いを認める姿勢が、さらなる理解を深め、双方の信頼関係の強化にも結びついていくのです。

なお、これは相手の立場からいうと、「自分は必要とされている人間なんだ」と思わせることでもあります。人には誰にでも、「その場において重要な存在でありたい」「他人から評価されたい」という欲求、すなわち自己重要感というものがあります。あわせて、「他人よりも優れていたい」という優越感も抱いています。

したがって、相手の利点を認めるというのは、この自己重要感や優越感を高めることにほかならないわけです。こうなれば、相手はあなたを信頼し、あなたのために、何らかの力を貸してくれることでしょう（もちろん、その見返りを期待してはいけませんが）。

相手の能力を認め、その優越感を満足させてあげることは、簡単そうで、じつは勇気のいることです。人には誰でも一番でいたいという欲求があるからです。でも、それができれば、かならず大きな幸せにつながることは、人生の〝約束ごと〟です。

辛い時に助けてくれた恩人を一生、大切にせよ●ヤギ飼いと野生のヤギ

ある日《ひ》、ヤギ飼《か》いが放牧《ほうぼく》してあったヤギたちを集《あつ》めてオリに入《い》れると、そのなかに野生《やせい》のヤギが数匹《すうひき》紛《まぎ》れ込《こ》んでいました。

ヤギ飼《か》いは、苦労《くろう》もお金《かね》もかけずにヤギが増《ふ》えたので喜《よろこ》び、野生《やせい》のヤギを大切《たいせつ》に扱《あつか》いました。

次《つぎ》の日《ひ》はあいにく嵐《あらし》がきて放牧《ほうぼく》できなかったので、オリのなかで世話《せわ》をしました。

しかし、ヤギ飼《か》いは野生《やせい》のヤギにはたくさんエサを与《あた》えたのに、昔《むかし》から飼《か》っていたヤギにはわずかばかりのエサしか与《あた》えませんでした。

その翌日《よくじつ》のことです。嵐《あらし》がやんだので、ふたたび放牧《ほうぼく》にでかけたのですが、野生《やせい》のヤギは、そこから逃《に》げようとしました。

「あんなに大事《だいじ》にしてやったのに逃《に》げるとは恩知《おんし》らずなヤギめ」

ヤギ飼《か》いがこう文句《もんく》をいうと、野生《やせい》のヤギは、こういい返《かえ》しました。

「だから、あんたが信用《しんよう》できないのさ。昔《むかし》から一緒《いっしょ》にやってきた者《もの》を粗末《そまつ》に扱《あつか》って、新入《しんい》りを大事《だいじ》にするなんて、また新入《しんい》りがくれば、そっちのほうを大事《だいじ》にするに決《き》まっているからね」

この話は「昔からの友人や知人をないがしろにして、新しい友人や知人ばかり大切にする人は、いつしか誰からも相手にされなくなり、孤独に陥ってしまう恐れがある」ということを解き明かしています。

知人にEさんというフリーランスの物書きがいます。不況であるにもかかわらず、ここ数年、仕事が途切れたことがないというEさんと先日談話したとき、私はあらためてイソップのこの話を思いだしたと同時に、逆説的な観点から「なるほど、こういう人は伸びる」と感じたことがありました。

というのも、彼は毎月、四本から多いときには六本もの連載原稿を抱えているそうなのですが、その内の一本(A社からの委託)だけは安価であるにもかかわらず、「どんなに忙しい状態であっても、最優先で取り組むようにしている」というのです。なぜか? その理由を尋ねたところ、こんな返事が返ってきました。

「独立を果たして丸一五年になるのですが、当初はまったく食えなかったんです。そんなとき、信用も実績もまるでない私に定期の仕事をくださったのがA社なんです。もし、あのとき、A社から仕事がこなかったら、おそらくボクはやっていけなかったと思うんです。それを思うと、恩を仇《あだ》で返すようなことだけはしたくありませんし、たとえ安価であっても誠心誠意仕事をやらせていただこうという気持ちになるんです。

たとえ安価であったとしても、定期的に入ってくる仕事は、フリーランサーにとっては大きな財産です。その財産があるからこそ、苦しい時期がつづいても、乗り越えていくことができるんじゃないかと、ボクは思うんです」

さて、イソップ物語に加え、Eさんの話までもちだしたのは、ほかでもありません。「苦しいとき、不遇の状態にあるときに救いの手を差し伸べてくれる人は本物である」ということを通して、人間関係の大切さに気づいてもらいたかったからなのです。

おもしろいもので、はぶりのいいときは、自分から積極的に働きかけなくとも、大勢の人間がその人のもとに集まってくるものです。しかし、いったんはぶりが悪くなると、大半の人間はその人のもとから離れていく傾向があります。

ですから、あなたも不遇の状況下にあったときに支えてくれた人にたいしては、終生、敬意をはらうように努めてください。また、逆境やピンチに遭い、苦しみもがいている人がいたら、自分のできる範囲内でかまわないので、その人の人生がうまく進展していくようにお手伝いしてあげましょう。

逆にいえば、そういう気持ちがないと、イソップ物語に登場するこのヤギ飼いのように、いくら好感をもたれようと努めても、けっきょく、どこかでボロをだしてしまい、誰からも信用されなくなってしまうのです。

イソップから学ぶ幸せのヒント②

あなたは他人に喜びを与えていますか

なぜかいつも幸せそうな人、なぜか次々と願いをかなえる人には、ある共通点がある。それは他人に愛・善意・喜び・幸福感を与えつづけているということだ。私はこれを喜与《きよ》思考と呼んでいる。

この喜与思考が高まれば、仮に情熱や信念が少しばかり不足していたとしても、自己実現を果たすのは時間の問題となる。

なぜならば、他人に愛・善意・喜び・幸福感を与えることができる人は、それ自体がプラスの想念を潜在意識にインプットすることにつながるため、やがて巡り巡って自分のところに跳ね返ってくるからである。

自分が魅力的になれば人は集まってくる●北風と太陽

北風《きたかぜ》が太陽《たいよう》に向《む》かって、いばりながら、こういいました。

「どうだ。私《わたし》の力《ちから》はすごいだろう。あたり一帯《いったい》に吹《ふ》くだけで、いろいろな物《もの》を吹《ふ》き飛《と》ばしてしまうんだからね。人《ひと》も動物《どうぶつ》も私《わたし》を恐《おそ》れて、みな、住《す》みかに隠《かく》れてしまうよ」

そこへ、ちょうどマントをつけた男《おとこ》が歩《ある》いてきたので、太陽《たいよう》はこういいました。

「それなら、私《わたし》と力《ちから》くらべをしてみよう。あの男《おとこ》のマントを脱《ぬ》がしたほうが勝《か》ちだ」

北風《きたかぜ》は自信満々《じしんまんまん》で、その挑戦《ちょうせん》を受《う》け、男《おとこ》のマントを吹《ふ》き飛《と》ばそうと強《つよ》い風《かぜ》を吹《ふ》きつけました。

しかし、男《おとこ》はブルッと震《ふる》えて、ますますきつくマントを身体《からだ》に巻《ま》きつけました。

そのため北風《きたかぜ》がどんなに頑張《がんば》っても、男《おとこ》のマントを脱《ぬ》がすことはできません。

次《つぎ》は太陽《たいよう》の番《ばん》です。

太陽《たいよう》は、春《はる》の日差《ひざ》しのように男《おとこ》を照《て》らし、冷《ひ》えた身体《からだ》が温《あたた》まるようにしました。それからすこしずつ日差《ひざ》しを強《つよ》めていきました。

すると、男《おとこ》は身体《からだ》がポカポカしてきて、とても気持《きも》ちよくなりました。

そして、最後《さいご》には暑《あつ》くなり、とうとうマントを脱《ぬ》いでしまったのです。

この話もとても有名なので、みなさんもよくご存じだと思います。読み手によって解釈《かいしゃく》の仕方が異なるかもしれませんが、私は「人の心を動かそうとする場合、押しの一手、ごり押しでは無理がある。自分が太陽のように輝き、魅力的な人間になれば、自分から積極的に働きかけなくとも、相手のほうから近寄ってくる」と解釈してみました。

その典型がセールスです。たとえば、あなたがどんなに素晴らしい商品をお客様に売ろうとしても、強引なセールスを行なっている限り、その商品は売れません。なぜかというと、あなたの強引な態度に相手も警戒し、「変な商品を売りつけようとしているんじゃないか」と、疑心《ぎしん》暗鬼《あんき》の念にかられてしまうからです。

そこで、こういう場合はイソップ物語に登場する太陽のように、相手に快感を与える、別の言い方をすれば〝喜び〟を与える必要があります。

つまり、一方的に物を売りつけようとするのではなく、相手の立場になってものを考え、困っていることや悩んでいることがあったらできるだけ相談にのってあげたり、必要としている知識や情報を提供するなど、無償のサービスを心がけるようにするのです。

そうすれば、相手の心も打ち解け、あなたに感謝せざるをえなくなり、親近感を抱くようになります。そうなればしめたもの。最後には、「同じ物を買うなら、お宅から……」ということになるのです。

この原理は恋愛にも、人づきあいにも、そのまま当てはめて考えることができます。相手の心情を察することなく、いきなり「好きです。私とつき合ってください。デートしてください。恋人になってください」といわれたら、誰だってしり込みしてしまいます。それが度を越すと、俗にいうストーカーのようになってしまいます。

でも逆に、あなた自身が太陽のように明るく、温かく魅力的な人間になれば、自然と相手のほうから声をかけてくるものです。

くり返しいいますが、相手にたいして強引に自分の思いを押し通そうとしても、相手はふりむいてくれません。それどころか、かえって逆効果になる恐れがあります。だから、相手の心を揺り動かしたいならば、まず、自分自身が魅力的な人間へと変身していくことが必要です。

人を助ければ、その思いやりは必ず返ってくる●ライオンとネズミ

眠《ねむ》っているライオンの上《うえ》に、ネズミがうっかりして、駆《か》けのぼってしまいました。物音《ものおと》に気《き》づいて目《め》を覚《さ》ましたライオンは、ネズミを捕《と》らえて食《た》べようとしました。するとネズミはライオンに、こう命乞《いのちご》いをしました。

「こんなちっぽけな私《わたし》を食《た》べても、たいしてお腹《なか》の足《た》しにはなりません。もし、逃《に》がしていただけたら、できる限《かぎ》りのご恩返《おんがえ》しをしますので、どうか助《たす》けてください」

ライオンはネズミに助《たす》けてもらうことなど一生《いっしょう》ないだろうと思《おも》いながらも、逃《に》がしてあげることにしました。

その日《ひ》からおよそ一年《いちねん》が過《す》ぎたある日《ひ》、ライオンは人間《にんげん》のつくったアミのワナに引《ひ》っかか

ってしまいました。ライオンはアミのなかで宙《ちゅう》づりになり、身動《みうご》きがとれないので、泣《な》き叫《さけ》びました。

　すると、その声《こえ》を聞《き》きつけたネズミが飛《と》んできて、

「以前《いぜん》のご恩《おん》は決《けっ》して忘《わす》れてはいません。助《たす》けて差《さ》し上《あ》げましょう」

　といって、小さな歯《は》でアミをかじりはじめました。ネズミが一生懸命《いっしょうけんめい》かじりつづけたので、ついにアミのワナは破《やぶ》れ、ライオンは逃《に》げることができたのです。


「情けは人のためならず」とはよくいったものです。「相手に情けをかけたり、親切を施《ほどこ》しておけば、相手はあなたに感謝の念を抱《いだ》くようになり、いつか、あなたが窮地《きゅうち》に立たされたとき、助けてくれるようになる。つまり自分のためになる」ということを解き明かしています。

　イソップのこの教訓はマーフィー理論にも通じるものがあります。潜在意識の研究の第一人者として知られるジョセフ・マーフィー博士は、

「他人の幸福を願えば、あなたもいっそう幸福になれます」

　といっています。私たち一人一人の潜在意識は人間共通の潜在意識とつながっているため、他人を助けてあげたり、親切を施すように心がければ、他人が幸せになるばかりではなく、自分にもおうむ返しの作用で跳ね返ってくる仕組みになっているというのです。

　ですから、悩みを抱えて困っている人がいたら、あなたのできる範囲でかまいませんので、

親切にしてあげたり、助けてあげるようにしましょう。ただし、その場合、助けてあげた本人から直接的な見返りを期待してはなりません。もちろん、本人から返ってくる場合もありますが、人間共通の潜在意識を巡り巡って、別のところから返ってくるものなのです。

かくいう私がそうでした。私はカウンセリングや執筆活動の合間をぬって、たまにフリーランスになりたてのライターやデザイナーのお世話をすることがあります。親しくしている出版社や広告代理店を紹介したりするのです。また、自分の人脈を生かして、失業した人に就職先を斡旋《あっせん》することもあります。

すると、当人たちから直接的な見返りはないものの（そうはいっても、だいぶ感謝はされますが）、周囲から「親切で情け深い人だ」とか「信用のおける人だ」と評価され、自分自身のイメージアップにつながり、人間関係がいっそう円滑にいくようになるのです。

相手に親切にしてあげたり、助けてあげるという行為は決して難しいものではありません。

「法律上のトラブルがあるならば、知り合いの弁護士を紹介してあげましょうか？」
「身体《からだ》の調子が悪いそうですね。何なら、よいお医者様を紹介しましょうか？」

といった具合に、自分では手に負えないことであっても、自分の知人を紹介してあげたり、わかる範囲で情報を提供してあげるだけでもよいのです。

たった、これだけのことでも、相手に喜びを与えたことになり、グローバルな観点からいえば、徳を預金する宇宙銀行に相当量の預金をしたことになるのです。

見ず知らずの人への親切を無駄と考えてはいけない●アリとハト

ノドの渇《かわ》いたアリが池《いけ》にやってきて水《みず》を飲《の》もうとしたところ、足《あし》を滑《すべ》らせて池《いけ》のなかに落《お》ち、溺《おぼ》れそうになりました。

すると、近《ちか》くの木《き》に止《と》まっていたハトが、その様子《ようす》をみて一枚《いちまい》の葉《は》っぱをアリの側《そば》に落《お》としてあげました。

そのお陰《かげ》で、アリは葉《は》っぱに這《は》い上《あ》がることができ、岸《きし》にたどりつくことができました。

しかし、間《ま》を置《お》かず、今度《こんど》は池《いけ》の付近《ふきん》を通《とお》りかかった猟師《りょうし》が、ハトをみつけて捕《つか》まえようとしました。

それをみたアリは、さっきの恩返《おんがえ》しをし

ようと、猟師《りょうし》の足《あし》に噛《か》みつきました。
「アッ！　痛《いた》い！」
と猟師《りょうし》が叫《さけ》び、体勢《たいせい》をくずしたすきに、
ハトは無事《ぶじ》逃《に》げることができたのです。

いわんとする意味は前の話とまったく同じで、「情けは人のためならず。巡《めぐ》り巡って、いつか自分の所へ戻ってくる。だから、困っている人がいたら、率先《そっせん》して助けてあげることが自分のためにもなる」ということを解き明かしています。
ただ、より細かくいえば、「そんなに深いつきあいのない人にたいしても、情けをかけてあげたり、親切にしてあげれば、意外なときに、意外な方法で、何かしらの恩返しをしてもらえる」と解釈できなくもありません。
実例を紹介しましょう。Kさんというある舗《ほ》装材《そうざい》メーカーの社長さんの話です。
いまからおよそ三年ほど前、Kさんの会社にSさんという一人の青年が飛び込みで売り込みに訪れたことがありました。「独立してフリーランスのデザイナーになったのですが、全然仕事がありません。デザインに関係する仕事ならどんなものでもかまわないので、発注していただけないでしょうか？」というのです。最初のうちは、その気がなかったKさんでしたが、Sさんの真面目でひたむきな姿をみて次第に考えが変わったのでしょう。周囲の反対をよそに、信用も実績もまるでないSさんにパンフレットの制作を依頼したというのです。

その結果、KさんがSさんにかけた情けは、倍になって返ってきました。それも意外な方法で……。というのも、Kさんがゴルフで腰をひねって重い腰痛になったとき、その情報を聞きつけたSさんが腕利きの整体師を紹介し、わずか一回の治療で完治してしまったからです。

恩恵はそれだけにとどまりませんでした。その後、Kさんは肩がこったときなど、その整体師の所へ頻繁《ひんぱん》に通うようになったのですが、今度はその整体師が名医の誉《ほま》れ高い歯科医を紹介してくれたというのです。じつは、Kさんは若いころから歯が弱く、名医を求めては転々と歯医者を変えており、とうとう自分が納得する名医に巡り会うことができたというのです。

「友達の友達はまた友達」ではありませんが、もしKさんがSさんと知り合わなかったら、Kさんは腕利きの整体師と出会うことができず、そうなれば、名医の誉れ高い歯科医とも出会うことがなかったでしょう。

別の言い方をすれば、Sさんの面倒をみてあげたお陰で、Kさんは健康面で多大なる恩恵をこうむることができたのです。

あなたも困っている人がいたら、悩みを抱えている人がいたら、Kさんのように救いの手を差し伸べてあげてください。できる範囲でかまいませんので、そういう人たちを応援してあげてください。

そうすれば、トラブルやアクシデントに見舞われた際、意外な所から、意外な形で、助け船をだしてもらえたり、大願成就《たいがんじょうじゅ》に向けて邁進《まいしん》していく過程においても、意外な人から思いもよらない方法で、応援や協力が得られるようになるのです。

人から受けた恩はどんな形であれ必ず返す●農民とワシ

農民《のうみん》が道《みち》を歩《ある》いていて、ワナにかかったワシをみつけました。そのワシがとても美《うつく》しくて悲《かな》しそうだったので、農民《のうみん》は哀《あわ》れに思《おも》い、ワシを逃《に》がしてあげました。

数日後《すうじつご》、農民《のうみん》が崖《がけ》のそばの岩《いわ》の上《うえ》に座《すわ》って休《やす》んでいると、かぶっていた帽子《ぼうし》をワシがいきなり取《と》り上《あ》げ、すこし離《はな》れたところに落《お》としました。そして、農民《のうみん》が帽子《ぼうし》を追《お》いかけ、拾《ひろ》おうとしたとき、崖《がけ》くずれが起《お》こりました。

もし、農民《のうみん》がそのまま岩《いわ》の上《うえ》に座《すわ》っていたら、大ケガをしているところでした。ワシのお陰《かげ》で難《なん》を逃《のが》れることができたのです。


これも前の話とよく似ているので、詳しい解説は不要でしょう。ただ、これらの話を統括《とうかつ》し、もう一つ大事なことをいわせていただくと、もし、あなたが親切にされたり、困っているときに助けてもらったりしたら、かならず恩を返さなければならないということです。助けてもらうことばかり考えるのではなく、ギブ・アンド・テイクの精神をもって善行で報いるように心がけるのです。

フリーで翻訳の仕事をしている知人のY子さんは、このギブ・アンド・テイクの達人といえるかもしれません。というのも、彼女は趣味で西洋占星術を研究しており、仕事上、とくにお世話になった方には、毎年、クリスマスカードに来年の運勢のいいことのみをピックアップした文書を添付《てんぷ》して差しだすからです。

Y子さんがフリーになりたてのころ、彼女は友人A子さんから親しくしている出版社を紹介されたことがあるのですが、そのお陰で定期の仕事が舞い込んできたと、A子さんにとても感謝したことがありました。以来、クリスマスのたびに、彼女はカードとともに一年間の運勢を書き記した文書をA子さんにだすのですが、毎回、気分が高揚したり、愉快になったり、発奮するようなことが、丁寧に書かれてあるのです。

Y子さんの例からもわかるように、なにも高価なモノをプレゼントしたり、相手からの頼み事をかならず聞き入れなければならないというものではありません。近況（その後の状況）を手紙や電子メールで報告するだけでもかまいませんし、何か形としてあらわしたいというのなら、誕生日にバースデーカードを送るとか、相手の欲している情報を提供してあげるだけでもかまいません。要は、いままで以上に誠意をもって接していくように心がけることです。

見返りを期待すると人はあなたから離れていく●ネコの医者とニワトリ

　鳥小屋《とりごや》のなかで、数羽《すうわ》のニワトリが病気《びょうき》になってしまいました。

　その噂《うわさ》を聞《き》きつけたネコが医者《いしゃ》に化《ば》けて鳥小屋《とりごや》に向《む》かいました。ニワトリをだまして食《た》べてしまおうという魂胆《こんたん》です。

「ニワトリさん。具合《ぐあい》はいかがですか。私《わたし》が診察《しんさつ》すればすぐによくなるから、小屋《こや》の扉《とびら》を開《あ》けてください」

　するとニワトリは、すぐにこう返答《へんとう》しました。

「それは、ありがた迷惑《めいわく》というものだ。あんたがあっちへいってくれれば具合《ぐあい》はすぐによくなるよ」

ネコの悪《わる》だくみはとうの昔《むかし》にばれていたのです。

一般にこの話は「打算的なことばかり考えていると、いつか相手にも見抜かれてしまう」ということをあらわしているとされていますが、私はさらに一歩進めてこう解釈しました。

「誠心誠意のフリをして相手に尽くしても、内心、打算的なことを考えていたり、見返りを期待しているようでは、最終的に対人関係はうまくいかなくなる」と。

たとえば、世の中には、「オレはこれだけのことをやってやったんだから、口をだして当然だ」とか、「あんなに世話してやったんだから、すこしは感謝してもらわないと。それなのに、お中元やお歳暮も満足によこさない」という人がいますが、そう思った時点で、相手とあなたの関係は崩れてしまいます。

なぜか？　そういう気持ちを抱きながら相手に接すると、以心伝心で、相手もまた負担を感じるようになるからです。場合によっては、「この人のお世話になると、いつ内政干渉されるかわからない。もう、この人の世話になるのはよそう」とか、「この人とつきあっている限り、一生、頭が上がらない」といって遠ざかってしまうかもしれません。

ですから、何か打算的な気持ちがあったり、本人から直接的な見返りを期待するなら、はじめから何もしないことです。相手にしても〝ありがた迷惑〟なだけです。

経営の神様とうたわれた松下幸之助さんは、こういっています。

「経営者は社員や、下請けの業者さんにたいして『食わしてやっているんだ』という態度を絶対にだしてはいけない。そういう態度をだした瞬間、その経営者は経営者たる資格を失い、最低の人間に成り下がる」

世話をすることにより、相手から感謝されたり、尊敬されることを望むのではなく、自分のしたことが相手の人生のプラスになることが自分の幸せであり励みにもなる、という自覚が重要なのであり、喜与思考の強化にもつながっていくのです。

人を喜ばすように努めるとどんどん好かれる●ワナの側のオオカミとキツネ

キツネが人間《にんげん》の仕掛《しか》けたワナのそばで考《かんが》え込《こ》んでいました。キツネはワナに仕掛《しか》けられた肉《にく》の塊《かたまり》が食《た》べたくて仕方《しかた》がなかったからです。

しかし、もしその肉《にく》を食《た》べようとすれば、ワナにかかって痛《いた》い目《め》に遭《あ》うのはわかっています。だから、さんざん悩《なや》んでいたのです。

そこへ、オオカミがやってきて、キツネにこういいました。

「あの肉《にく》を食《た》べてもいいかい？」

キツネはどうせ肉《にく》が食《た》べられないなら、オオカミの泣《な》きっ面《つら》でもみて笑《わら》ってやろうという意地悪《いじわる》な考《かんが》えが頭《あたま》をよぎったので、こう返答《へんとう》しました。

「ああ、いいよ。ボクは親友《しんゆう》のキミのために、あの肉《にく》をとっておいたんだからね。さあ、召《め》し上《あ》がれ！」

キツネが親切《しんせつ》を装《よそお》ってこういったので、オオカミは早速《さっそく》、肉《にく》に手《て》を伸《の》ばしました。

その瞬間《しゅんかん》、オオカミはワナにはまってしまい、大変痛《たいへんいた》い思《おも》いをしました。

ワナにかかったオオカミは、キツネに向《む》かって、こういいました。

「ボクにこんな仕打《しう》ちをして喜《よろこ》ぶなんて、オマエには一生友達《いっしょうともだち》なんかできやしないよ」

この話は、「他人を陥《おとしい》れようとしたり、意地悪をすると、相手から恨《うら》みを買うことになる」ということを教えてくれているわけですが、一歩進めて逆説的に考えると、次のように解釈できなくもありません。

「相手を喜ばすことを考えている人は、他人からどんどん好かれるようになる」

つまり、相手の立場になって、「こうしたら、相手は愉快な気分になるだろう」「こういうふうに振る舞えば、相手は喜んでくれるだろう」という配慮をもって他人に接していけば、周囲の評判も良くなり、人脈も広がるようになるということを指摘したいのです。

でも、こういうと、読者のなかには、「相手を愉快な気分にさせたり、喜ばせろといわれても、その方法がわからない」という人もいるかもしれません。

しかし、簡単に行なえる方法は、いくらでもあるのです。

その一つが笑顔です。さわやかで明るい笑顔はそれだけで相手の心をなごませ、愉快な気持ちにさせます。特別な事情がない限り、不快になる人はまずいないでしょう。なぜかというと、笑顔というものは、その人個人が抱くプラスの感情の象徴にほかならず、ポジティブな波動を発するものだからです。

そこで、「喜びを与える方法がわからない」という人は、この笑顔を周囲の人たちにふりまくことからはじめてみてください。毎朝、洗顔するついでに鏡の前で笑顔の練習を行ない、「この表情、いいなあ」と思えるものがあったら、それを職場や学校にそのまま〝持ち込むようにする〟のです。最初は慣れないため戸惑《とまど》うこともあるかもしれませんが、くり返し行なえば、心のこもった笑顔がつくれるようになるはずです。

ところで、挨拶も工夫次第では相手に喜びを与える〝格好の武器〟となってくれます。たんに、「おはようございます」「こんにちは」「ありがとうございます」ではなく、できれば気のきいたセリフを付け加えてみてください。たとえば、「おはようございます」ではなく、「誰々さん、おはようございます」と、挨拶の前後に相手の名前をつけるようにするのです。

たった、これだけのことでも、相手に喜びを与えたことになります。「誰々さん……」と名前を呼んであげるというのは、相手の存在感を認めたことになるからです。

また、どんな些細《ささい》なことでも、人に何かをしてもらったら、「ありがとうございます」「助かりました」という言葉を連発しましょう。それも、できるだけ丁寧な口調で。「ありがとうございます」「助かりました」という感謝の言葉は、その人の存在感や功績が認められ、重要な人であると確認されることでもあるからです。

さあ、あなたも今日から早速、他人に喜びを与えるレッスンに励《はげ》んでみてください。

相手の立場になって
その人が喜ぶことをする●ウシとライオンとイノシシ

生《う》まれて間《ま》もないライオンの赤《あか》ちゃんが昼寝《ひるね》をしているところに、ウシがやってきて、ツノで突《つ》き殺《ころ》してしまいました。しばらくして、母《はは》ライオンが自分《じぶん》の子供《こども》が殺《ころ》されたことを知《し》り、大《おお》いに嘆《なげ》き悲《かな》しみました。

その様子《ようす》を遠《とお》くからみていたイノシシは、母《はは》ライオンに向《む》かって、こういいました。

「子供《こども》を殺《ころ》された者《もの》の気持《きも》ちが、はじめてわかっただろう。いままで、多《おお》くの者《もの》たちがオマエたちに殺《ころ》され、その家族《かぞく》は辛《つら》い思《おも》いをしてきたんだよ」

「他人の本当の気持ちというものは、自分が相手と同じ境遇になってみなければわからない。だから、他人の気持ちを感じとり、愛と善意、思いやりをもって人に接していくことが重要である」ということをこの話は解き明かしています。

別の言い方をすれば、「共感能力のアップに努めなさい」ということを、この話はあらわしているのです。

知人にNさんという翻訳の仕事をしている人がいます。Nさんはおもに大手出版社からの委託で、海外の文化や風俗を和文に訳す仕事をしているのですが、忙しいときには二〇人以上の外注スタッフにお願いし、みな、「ほかならぬNさんからの依頼とあらば」と、即座に快諾《かいだく》し、喜んで協力してくれるといいます。それもお盆休みや正月休み返上で……。「どうして、そこまでやってくれるのか？」と思った私は、Nさんのオフィスに出入りしている一人の翻訳家にその理由を尋ねてみました。すると、こんな答えが返ってきたのです。

「Nさんはとにかく金払いがいいんです。仕事をすれば即座にお金を払ってくれる。長丁場《ながちょうば》の仕事になりそうなときには前金で払ってくれたりすることもあるんです。もちろん、遅配《ちはい》したことなんか一度もありませんよ」

Nさんはいまから二〇年ほど前に出版社を退職し、フリーランスの翻訳家となったわけですが、一時期生活できない日がつづいたことがありました。一生懸命に翻訳の仕事をしたにもかかわらず、相手先がなかなかお金を支払ってくれなかったり、なかには支払いの段階においてギャランティの大幅値下げを要求してくるところもあったそうです。

そのため、大変辛い思いをし、いつしかこう思うようになったというのです。「後輩のフリーランサーたちには、フリーランサー特有の資金繰《しきんぐ》りという苦労を味わってもらいたくない。その苦労さえなければ、余計なことでエネルギーを浪費しないで済むので、その分、効率良く仕事がこなせるのではないか……」

つまり、Nさんは自らの苦労体験を通じて、「自分と同じ苦労を他人にはかけたくはない。それが、いかに辛いものか、自分がいちばんよく知っている。だから、こういう場合、相手にこうしてあげよう。こうしてあげれば、相手も助かるし、うれしいのではないか」と、いちいち自分自身の気持ちに置き換えながら、外注スタッフと接するように心がけ、それが金払いがいいという評判につながっていったのです。

あなたもNさんのこうした姿勢を大いに見習う必要があります。公私問わず、他人に接していく場合、「自分があの人と同じ立場にいたら何を考えるだろう?」「自分が同じような仕打ちを受けたらどういう気持ちになるだろう?」をまず考え、次に、「それならば、こういってくれるとうれしいんじゃないだろうか?」「こうしてくれると助かるんじゃないか?」と、相手の喜びや幸福につながる感情を掘り下げて考えるようにしてみてください。

そういう習慣をマスターすれば、いつしか、「誰よりも思いやりのある人」と周囲から評価されるようになるのです。

できもしないことをできると口走らない●都合のいい男

貧乏《びんぼう》な男《おとこ》が病気《びょうき》にかかって寝込《ねこ》んでしまいました。薬草《やくそう》を飲《の》んだりするなど、いろいろ手《て》を尽《つ》くしてもいっこうによくならず、とうとう医者《いしゃ》からも見放《みはな》されてしまいました。

そこで、男《おとこ》は最後《さいご》の手段《しゅだん》といわんばかりに、神様《かみさま》にこう祈《いの》りました。

「神様《かみさま》！　どうか、奇跡《きせき》を起《お》こして病気《びょうき》を治《なお》してください。もし、元気《げんき》になれたら、お礼《れい》にたくさんの捧《ささ》げ物《もの》をいたします」

すると、側《そば》にいた男《おとこ》の妻《つま》が、こういいました。

「たくさんの捧《ささ》げ物《もの》をいたしますなどと、安易《あんい》な約束《やくそく》はしないでちょうだい。そんな約束《やくそく》をしても、わが家《や》にはお礼《れい》をするお金《かね》なんかないのよ。どうするつもりなの？」

「お金《かね》がないのは知《し》っている。だけど相手《あいて》は神様《かみさま》。そんなことは許《ゆる》してくれるさ」


人間の心にあるよくない一面を描いた物語ですが、私はこのように解釈しました。

「人は、実際には果たせそうにもないことほど、安易に約束したがるものである」と。

なるほど、世間を見渡すと、お酒を飲んで酔っぱらった勢いで調子のいいことをいったり、大風呂敷《おおぶろしき》を広げる人がいたりしますが、こういう言動はできるだけ慎《つつし》むべきです。

なぜかというと、調子のいいことをいって、一時的に相手を喜ばすことができたとしても、最終的には不快感や失望感といったネガティブな感情を植えつける結果となるため、不信感を招くことになったりするからです。

知人のSさんも、そういう嫌な思いを、過去に何度も味わってきました。

そのなかの一つを紹介します。Sさんはある会社の忘年会に招かれたとき、隣《となり》にいた会社の管理職のTさんと談笑する機会がありました。最初のうちは、お互いにとりとめのない話をしていましたが、次第に打ち解けていき、最後のほうになると、だいぶ酔っぱらったTさんの口から、こんな言葉がでたのです。

「誰か、いいアルバイトがいたら紹介してください。私が面倒みましょう。ウチの会社でよければ、何か仕事をだしてあげますよ」

「本当ですか？　じゃあ、知り合いの学生を使っていただけますか？」

「もちろんですとも。いつでも連絡ください」

その数日後、Sさんは一日を不快な気持ちで過ごさずにはいられませんでした。というのも、その日の朝、先のTさんに連絡し、「学生を紹介させていただきたいのですが……」といったところ、信じられないことに、「えっ、何の話ですか。いま、アルバイトは間に合っているんだけどな……」という返事が返ってきたからです。

それからしばらくして、Tさんはその会社を退職したそうです。何が原因で退職になったのか、その詳細は定かではありませんが、他人に大きな不信感や疑念を抱かせる彼の人間性と何か関係があるような気がします。

この話は決して他人事では済まされません。口では、「大丈夫です。私が何とかします」「やってみましょう」と、調子良く口約束をしながら、全然行動を起こさなかったり、間際になってコロリと態度を変えるようなことをしていると、相手はあなたに失望し、いつしか、「あの人は口先だけで信用できない」というレッテルを貼られてしまいます。

ですから、「できないことは、できるといわないこと」。たとえお酒の席で酔っぱらったからといっても、調子のいいことはいわないことです。換言すれば、「できないことをできると口走ってしまったら、責任をもって何とかする」ぐらいの覚悟が必要なのです。

自分より困っている人を助ければ自分も救われる●ライオンとイルカ

ある日《ひ》のこと、ライオンが海辺《うみべ》を歩《ある》いていると、イルカが悠々《ゆうゆう》と泳《およ》いできたので、ライオンが声《こえ》をかけました。

「キミは頭《あたま》がよく、動《うご》きも敏捷《びんしょう》なので海《うみ》の王様《おうさま》にふさわしい。ボクは陸《りく》の王様《おうさま》だ。ボクたちが手《て》を組《く》めば、海《うみ》も陸《りく》も怖《こわ》いものなしになるよ」

イルカは喜《よろこ》んで手《て》を組《く》む約束《やくそく》をしました。

そして、数日後《すうじつご》。

ライオンは大《おお》きなウシと戦《たたか》うことになり、イルカに応援《おうえん》を頼《たの》んだのです。

しかし、イルカは助《たす》けにきてくれませんでした。海《うみ》のなかなら自由《じゆう》に泳《およ》げても、陸《りく》に上《あ》がることはできなかったからです。

「あれだけ約束《やくそく》したのに、ボクが困《こま》っているときに助《たす》けにきてくれないなんてひどいじゃないか。もう、キミのことは信用《しんよう》しないぞ。この裏切《うらぎ》り者《もの》め！」

ライオンの文句《もんく》に、イルカはこう答《こた》えました。

「文句《もんく》なら神様《かみさま》にいってくれ。ボクが陸《りく》に上《あ》がれないのは、ボクのせいじゃないんだから」

この話も前項の話といわんとする意味はよく似ており、「できない約束なら、はじめからしないほうがいい」ということを解き明かしているわけですが、私はそれを一歩進め、次のように解釈してみました。

「イルカが陸に上がってライオンを助けられないのと同じように、自分が困った状態にあると、なかなか人助けができない。しかし、自分が困った状態にあるとき、もっと困った状態にある人を助けようと努めれば、あなた自身が抱えている問題はかならず解決するようになる」

当たり前の話ですが、自分の人生が比較的順調にいっているときは、他人のことをかまう余裕はいくらでもあるものです。しかし、事態が一変し、自分が困った状態にあるときは、他人をかまってあげようとする気持ちが、瞬《また》く間に消え失せてしまいます。また、

「キミのことだって何とかしてやりたいんだが、こっちだって大変なんだ」

「他人の面倒をみる余裕なんてない。自分のことだけで精一杯だ」

というのが、そのときの本音なのではないでしょうか。

しかし、自分が困っているとき、相手に尽くしたり助けてあげるという行為ほど崇高《すうこう》なもの

はありません。こうした状況下において、他人の幸福や成功を考えることは、通常のそれよりも何十倍、場合によっては何百倍ものプラスの想念を人間共通の潜在意識に刻み込むことになるため、いつか、ものすごい勢いで自分のもとにラッキーな現象として跳ね返ってくるものなのです。

信じられないかもしれませんが、人生とは本当にそういうものなのです。

とはいうものの、やはり、あなたにだって、できることとできないことがあるかもしれません。たとえば、自分が貧乏なのに相手にお金を貸してあげたり、失業中の自分を差しおいて他人の就職の世話をしてあげるなど、そうそうできるものではありません。

でも、自分のできる範囲のこと、すなわち、ちょっと頑張れば相手の役に立てそうなことはあるはずです。たとえば、自分にはできないことでも、

「厄介《やっかい》な問題を抱えているなら、知り合いの弁護士を紹介してあげようか？」

「腰痛で悩んでいるそうですね。よい医者を紹介しましょうか？」

と、相手に人を紹介してあげるだけでも、多大な親切を尽《つ》くしたことになるのです。

また、自分には対応できなかったり、手に負えないような問題であっても、相手の悩み事や相談事を親身になって聞いてあげ、支持してあげるのも、立派な人助けにつながります。親身になって相手のいうことに耳を傾け、心の支えになってあげれば、相手の気持ちもだいぶやわらぎ、あなたに感謝せずにはいられなくなります。

前向きな発言を続ければ事態は好転する●オオカミと少年

あるところにヒツジ飼《か》いの少年《しょうねん》がおりました。少年《しょうねん》は、くる日《ひ》もくる日《ひ》もヒツジの世話《せわ》ばかりしているので飽《あ》きてしまい、こう叫《さけ》んでみました。

「大変《たいへん》だ！　オオカミだ。オオカミがきたぞ」

すると、村《むら》の人《ひと》たちが慌《あわ》てて集《あつ》まってくるではありませんか。

その様子《ようす》がおかしくて、少年《しょうねん》は数日後《すうじつご》、また、

「オオカミがきた！」

と叫《さけ》びました。

村人《むらびと》たちが二度《にど》もだまされて、カンカンに怒《おこ》ったのはいうまでもありません。

ところが、数日後《すうじつご》、今度《こんど》は本当《ほんとう》にオオカミがやってきたのです。

「大変《たいへん》だ！　オオカミだ。オオカミがきたぞ。本当《ほんとう》だ！　助《たす》けてくれ！」

少年《しょうねん》が泣《な》きながらこう叫《さけ》んでも、もう誰《だれ》も本気《ほんき》にしてくれませんでした。

そのため、少年《しょうねん》が飼《か》っているヒツジはオオカミに襲《おそ》われ、食《た》べられてしまったのです。

この話はとても有名なので、いまさら詳しい解説は必要ないかもしれません。「ウソばかりついている人は誰からも信用されなくなる」ということを解き明かしているわけですが、広い目でみれば、マイナスの言葉を使うことでマイナスの状況を招いたともいえます。

たとえば、口癖のように「疲れた」「つまらない」「お先《さき》真っ暗だ」「調子が悪い」といったマイナスの言葉を連発する人がいますが、そういう人は、自らマイナスの状況をつくっているのです。

なぜかというと、その人が発するマイナスの言葉の印象が、そのままその人の印象につながってしまうため、相手も不快感を感じるからです。また、何よりも、その場の雰囲気にも悪影響を及ぼすことになります。

そこで、日常の言葉づかいを振り返ってみて、マイナスの言葉が多いようでしたら、早速、改善するように努めてください。

「毎日が楽しい」
「私はいつも元気です」
「将来は明るい見通しです」
「私は何にでもチャレンジします」
「可能性は無限にあります」

と、意識的にプラスの言葉を用いるようにするのです。この種の言葉を多く用いるように心がけていけば、その場の雰囲気がポジティブな波動で充満するようになるため、相手の気分も陽気になったりうれしくなったりするのです。

ただ、問題は、体調を崩したり、トラブルやアクシデントに遭遇するなど、不幸な事態に遭遇した場合です。こういうとき、私たちはついつい無意識に、「どうも頭痛がする」「疲れた」「このピンチは突破できそうにもない」といったマイマスの言葉を吐いてしまいがちですが、ここが我慢のしどころで、極力、「でも心配ない」「大丈夫」といったポジティブで発奮《はっぷん》するような言葉を口にだすようにしてください。

それでも、うっかりマイナスの言葉を口にだしてしまったときは、間を置かず、

「ああ、頭痛がする。でも、薬を飲んだから、もう大丈夫だ」

「ああ、疲れた。体が重い。でも、それだけ頑張って仕事をした証拠だ」

「ああ、辛《つら》い。このピンチが乗り越えられなかったらどうしよう。でも、ピンチこそチャンスという。このピンチを乗り越えたら、大きく発展できるかもしれない」

と、プラスの言葉をつけ加えるようにしましょう。

こうすれば、暗示の力も加わって、次第にやる気が湧いてくるというものです。

ところで、プラスの言葉は、他人と会話するときにこそ、できるだけ多く連発するようにしてください。

たとえば、夏の暑い盛り、道を歩いていたら、ばったりと知り合いに出会い、「毎日、暑くて

本当にイヤになりますね」と相手がいったとしましょう。

このとき、「本当に暑くてイヤになりますね」と同調してから、「でも、夏らしくていいじゃありませんか。今年の夏休みはどこかにおでかけになるのですか？」と返答してみてはいかがでしょう。たった、これだけのことであっても、相手の気分はガラリと変わるはずです。

「毎日暑くてイヤになる。でもこの人のいうとおり、夏は暑いに決まっている。そういえば、夏休みのことなど、けろっと忘れていた。そうだ！　今年の夏休みはどこにいこうか。お盆休みをずらして、家族四人でグアム島にでもいってみようかなあ。いまなら、まだ間に合うかもしれない」

と、あなたの言葉がきっかけとなり、愉快で楽しいことがイメージできたり、ポジティブなことが考えられるようになるからです。

仕事ならばなおさらのこと、上司や同僚、部下、得意先の人たちにたいして、プラスの言葉を用いるように心がけてください。

たとえば、上司から重要書類の作成を命じられ、それが今日中には仕上がりそうもないという場合、「申し訳ありませんが、今日じゅうには無理です」というのではなく、「明日の昼まで時間をください。かならず仕上げます」というようにするのです。

いわんとする中身は同じであっても、表現方法をプラスにするだけで、相手に失望ではなく、希望（喜び）を与えたことになるのです。

謙虚に生きると大きなチャンスが舞い込む●金のタマゴを産むガチョウ

　ある人《ひと》が、金《きん》のタマゴを産《う》むガチョウを飼《か》っていました。そのガチョウは決《き》まって一日《いちにち》に一個《いっこ》、純金《じゅんきん》のタマゴを産《う》みました。そのお陰《かげ》で、ガチョウの飼《か》い主《ぬし》は次第《しだい》にお金持《かねも》ちになり、ぜいたくな暮《く》らしをするようになりました。

　すると、今度《こんど》は立派《りっぱ》な家《いえ》が欲《ほ》しくなりました。

　しかし、一日《いちにち》に一個《いっこ》の金《きん》のタマゴでは、当分《とうぶん》、家《いえ》は建《た》てられそうにありません。そこで、飼《か》い主《ぬし》は一度《いちど》にたくさんの金《きん》のタマゴを手《て》にする方法《ほうほう》を考《かんが》えました。

「このガチョウは毎日《まいにち》タマゴを産《う》むのだか

ら、きっとお腹《なか》のなかには金《きん》のタマゴがいっぱい詰《つ》まっているにちがいない。お腹《なか》を切《き》り裂《さ》いて、それを取《と》りだせば、家《いえ》だって何《なん》だって、すぐに手《て》に入《はい》るぞ」
と考《かんが》え、ガチョウのお腹《なか》を切《き》り裂《さ》いてしまったのです。
しかし、お腹《なか》のなかにはタマゴが一《ひと》つも入《はい》っていませんでした。
飼《か》い主《ぬし》は自分《じぶん》のしたことを大《おお》いに後悔《こうかい》しましたが、すでにガチョウは死《し》んでしまい、以来《いらい》、金《きん》のタマゴを一《ひと》つも手《て》に入《い》れられなくなってしまったのです。

数あるイソップ物語のなかで、もっとも残酷極まりないこの話は、一般に、「強欲な人間はいつか大損をする」ということを解き明かしているとされていますが、もし、この飼い主に、「このガチョウには、毎日、金のタマゴを産んでもらってありがたい」という感謝の気持ちや心づかいがあれば、その後の展開はまるでちがっていたかもしれません。

そうです。お腹を切り裂いて殺すどころか、たくさんタマゴが産めるように、もっと栄養価の高いエサを与えていたら、いつまでも元気に毎日タマゴを産んでくれていたかもしれないのです。そうなれば、多少、時間はかかっても、この飼い主はきっと立派な家が建てられたでしょう。

つまり、私はこの話を通して、「よき成果を願うのであれば、自分を取り巻くあらゆるモノにたいして感謝の気持ちを抱かなければならない」ということをいいたいわけです。

こういうと、あなたは、「自分には感謝するものなんて一つもないよ。生まれ育った境遇も最悪だし、給料だって安いから、好きなモノも満足に買えない。いったい、何に感謝しろっていうんだい」と反論するかもしれません。

しかし、それは本当にそうでしょうか？　私はそうではないと思います。

生まれ育った境遇が最悪だといっても、給料が安いといっても、開発途上国で空腹にたえながら生きている人たちとくらべたら、あなたの身の上のほうがはるかに恵まれているのではないでしょうか。

戦後育ちのあなたは、戦争の恐怖を体験したことがありますか？　食べ物がなくて飢えて死にそうになったことがありますか？　こう考えれば、バブルが崩壊し、犯罪が増加しているといいながらも、まだまだ平和で、好きなモノが食べられる日本に生まれてきたことに感謝せざるをえなくなるのではないでしょうか。

同じことは、職場の人間関係においてもいえます。

「こんなに営業成績を伸ばしているに、課長ったら、ちっとも認めてくれない」

「部下がだらしない。自分のいうとおりに動いてくれない」

と、グチをこぼす前に、彼らにたいして一度、感謝の気持ちを抱いてみてください。

人間、ある程度、仕事に慣れてきて、営業成績を上げたり、部下をもつようになると、それを自分の能力や努力の賜物《たまもの》であると思いがちです。しかし、仮にそうだとしても、上司があらかじめ営業先に根回しをしてくれていたり、部下が自分の気づかない点をフォローしてくれたお陰かもしれないのです。

ですから、「みえないところで、誰かがいつも、力を貸してくれているんだ。ありがたいなあ」と思う気持ちが大切で、そういう謙虚な姿勢が、あなたにさらなるビッグチャンスをもたらしてくれ、ひいては自己実現や幸福な人生をいっそうたしかなものにしてくれるのです。

イソップから学ぶ幸せのヒント③

あなたは毎日を悲観的に生きていませんか

人生を幸せに生きるための条件の一つに、どんなことでもプラスに考える姿勢があげられる。私はこれを楽観思考と呼んでいる。

楽観思考が高まれば、マイナスの現象であってもプラスの現象として捉《とら》えることができるようになり、逆境を順境に変えていけるようになる。また過去を思いわずらう気持ちもなくなり、明るく希望に満ちた将来のみをみつめて邁進《まいしん》できるようになる。その結果、言動や性格もポジティブになり、多くの人から好かれるようになる。そうなれば、必要以上に意識しなくとも、未来のほうから、成功と幸福が歩み寄ってくるのである。

人生、そう悪いことばかり続かない●負けたニワトリ

昔《むかし》、ギリシアのタナグラという地方《ちほう》のニワトリは、気性《きしょう》がとても激《はげ》しく、人間《にんげん》に似《に》ているといわれていました。

そのタナグラで、ある日《ひ》、雄《おす》のニワトリ同士《どうし》がエサの取《と》り合《あ》いで激《はげ》しいケンカをしました。ケンカに負《ま》けてしまったニワトリは、恥《は》ずかしくていたたまれなくなり、自分《じぶん》の住《す》みかに戻《もど》り、身《み》をちぢめていました。

いっぽう、ケンカに勝《か》ったニワトリは、エサを一人占《ひとりじ》めして食《た》べた後《あと》、屋根《やね》に上《あ》がり、ほかのニワトリたちを見下《みお》ろして「コケコッコー」と自慢気《じまんげ》に鳴《な》きました。

すると、その声《こえ》を聞《き》きつけたワシが屋根《やね》の上《うえ》のニワトリ目《め》がけて襲《おそ》ってきて餌食《えじき》にしてしまったのです。

その後《ご》、ケンカに負《ま》けたニワトリは、仲間《なかま》たちと、エサを分《わ》け合《あ》い、仲良《なかよ》く食《た》べることができました。

この話は「世の中、何が幸いして、何が災いするか、わからない」ということを解き明かし

ています。なるほど「人間万事塞翁《さいおう》が馬」とはよくいったもので、人生はどこでどうなるかわかりません。いままでとても順調にいってた人が、ある日、突然、奈落《ならく》の底に叩き落とされたかと思えば、その反対に、それまで不遇の日々を送っていた人が一夜にして成功をおさめてしまう場合もあります。

つまり、人生には苦楽がつきものなのです。だから、運が悪いから、不幸な現象がつづいたからといって、悲観してはなりません。一時的な現象に目を奪われ、一喜一憂してはなりません。一見すると、明らかに不幸な現象のように思えても、じつは幸福を招き寄せるきっかけだったりするものだからです。

たとえば、不況のせいで商売がうまくいかなかった商店主が、ディスカウントストアに転身して利益を大幅に伸ばしたという話もあるし、パッとしなかった玩具メーカーが苦肉の策として子供向けのゲームソフトを開発し、そのヒットのお陰で大躍進を遂げたという例もあります。また、企業戦士としてストレスや苛酷《かこく》な労働に耐えてきた人が、倒産により職を失ったのをきっかけに、趣味の釣りを生かして船宿をはじめ、穏やかで幸福な日々が送れるようになったという例もあります。

だから、たとえ、いまが辛く苦しい日々がつづいても、明るく、楽しく、朗らかに生きてください。明るい未来のみをみつめるのです。そうすれば、毎日がイキイキとし、突然訪れるチャンスもつかみやすくなるのです。

もう終わったことでくよくよ悩まない●波を数える男

男《おとこ》が浜辺《はまべ》に座《すわ》って海《うみ》をみつめながら、ある野望《やぼう》を抱《いだ》きました。打《う》ち寄《よ》せる波《なみ》の数《かず》を一《ひと》つ残《のこ》らず数《かぞ》えようというものです。

しかし、何時間《なんじかん》か数《かぞ》えていくうちに、睡《すい》魔《ま》に襲《おそ》われて三〇分《さんじゅっぷん》ほどウトウトしてしまい、その間《あいだ》、波《なみ》を数《かぞ》えられませんでした。男《おとこ》は自己嫌悪《じこけんお》に陥《おちい》り、やる気《き》をなくしてしまいました。

そこに一匹《いっぴき》のキツネがやってきて、男《おとこ》にこういいました。

「あなたは、どうして終《お》わってしまったことにいつまでもこだわっているのか？　何《なん》時間《じかん》、そうやっても過去《かこ》は変《か》えられないの

だよ。気《き》を取《と》り直《なお》して、いまからもう一度《いちど》数《かぞ》え直《なお》せばいいじゃないか」

すると、男《おとこ》はキツネの言葉《ことば》に勇気《ゆうき》づけられ、ふたたび波《なみ》を数《かぞ》えはじめました。

この話は難解でいろいろなことを示唆《しさ》しているものと思われますが、私はキツネの言葉をヒントにこう解釈《かいしゃく》してみました。「過去を気にして、悔やんだり嘆いたりしても、取り返しがつかない。それよりも、いまからが大切であり、将来に向けてポジティブに進んでいくことが大事である。だから持ち越し苦労はやめよ」と。

なるほど、世の中を見渡すと、過去の失敗や辛い出来事を思いだしてはクヨクヨしている人がけっこういたりするものです。そういう人の心情もわからないわけではありませんが、過去は所詮《しょせん》、過去なのです。タイムマシンでもない限り、起きてしまった出来事は変えようがなく、何の解決にもならないのです。

辛い過去ばかりみつめているとネガティブな気分になり、それがマイナスの想念として潜在意識に刻み込まれてしまうため、現在や将来をも台無しにしてしまう恐れもでてきます。ですから「幸せになりたい」「夢をかなえたい」「成功したい」という気持ちがあるなら、辛い過去はできるだけ忘れるようにし、明るい未来像のみを思い描くことが大切です。

それでも、過去の思いがふっきれないならば、過去の失敗や辛い思い出を「教訓」という言葉に置き換え、「二度と同じあやまちをくり返さないためには、どうすればよいか？」だけに意識を集中してみてはいかがでしょう。

考えても解決しない問題で頭を悩ませるのは時間のムダというものです。考えて解決する問題に頭を使うという姿勢が、人生をより楽しく幸せにするうえで大事なことなのです。

この先起こることをあれこれ心配しない●太陽とカエル

ある夏《なつ》の日《ひ》、太陽《たいよう》が結婚《けっこん》するという噂《うわさ》が流《なが》れ、小鳥《ことり》や小動物《しょうどうぶつ》たちは天《てん》を見上《みあ》げて大喜《おおよろこ》びし、お祝《いわ》いの宴《えん》を開《ひら》きました。しかし、どういうわけかカエルだけが浮《う》かない表情《ひょうじょう》をしています。

カエルにワケを聞《き》くと、こういいました。

「浮《う》かれている場合《ばあい》じゃない。太陽《たいよう》が結婚《けっこん》したら、たいへんなことになるぞ。ただでさえこんなに暑《あつ》いのに、子供《こども》でもできたら、もっと暑《あつ》くなるかもしれない。そうしたら、川《かわ》は干上《ひあ》がって、みんなカラカラになっちゃう。オレたちカエルも生《い》きていけなくなる」

この物語を読んだとき、私は真っ先にこう解釈しました。

「事が起こる前から、必要以上に悪い想像を働かせて思い悩むのは、愚《ぐ》の骨頂《こっちょう》というものだ。取り越し苦労は百害あって一利なし」

実際、世の中には先に述べた持ち越し苦労だけでなく、この取り越し苦労で人生をつまらなくしている人が多々いるように見受けられます。

「もしも、ガンになって苦しみもだえて死んだらどうしよう」「リストラに遭い、会社をクビになったらどうしよう」「愛しい恋人に嫌われ、ふられてしまったらどうしよう」

など、いくら考えても解決しようがない問題で頭を抱えている人がその典型です。

もっと重症な人になると、「海外に旅行へいくのが怖い。飛行機が落ちたらどうしよう。現地で身体《からだ》を壊したらどうしよう」「彼女とドライブにでかけて交通事故を起こしたらどうしよう」

など、せっかくの楽しみでさえも、悪いほうへ悪いほうへと解釈するようになります。

なるほど、何か事を起こす場合、最悪の事態に遭遇したケースを予測して、それなりの対策を考えたり、用心するにこしたことはありません。場合によっては、それこそ細心の注意を払わなくてはならないこともあります。しかし、これらはいずれも、考えるべき問題、あるいは考えれば解決する問題であり、考えるだけ無駄で一銭の得にもならない〝取り越し苦労〟とは意味合いがちがうのです。

そこで、考えても解決せず、何の対処もできない問題については、「なるようにしかならない」

ぐらいに思っておきましょう。なるようにしかならないのなら、クヨクヨしてもはじまらない。それなら、「わが身もわが心も天に任せてしまおう」ぐらいの気持ちでいるのです。

それでも取り越し苦労から抜けだせないという人は、発想を一八〇度転換させ、もし、自分に優れた予知能力が備わっており、ある日、未来に生じるであろう不幸な出来事をキャッチしたらどういう気分になるか、を連想してみてください。

たとえば、「最愛の彼氏（彼女）と何年後に死別する」「三年後のいついつに会社をクビになり、その半年後に重い病気にかかってしまう」などということがわかったら（また、その運命が変えようがないとしたら）、あなたはその日がくるまで平常心でいられるでしょうか。きっと、救われる手だてはないものかと、うろたえる日々を過ごしたり、嘆き悲しむことのほうが多いのではないでしょうか。

だから、避けることのできない不幸な現象が起きるとしたら、あらかじめ知らないほうがその人にとっては幸せであるとも解釈できるのです。

いずれにしても、取り越し苦労したところで、現状は変わりません。むしろ、取り越し苦労は一種のマイナスの想念にほかならず、「恐れるものはあらわれる」「悪いことを思えば悪い出来事が起こる」という潜在意識の作用により、本当に不幸な現象が生じてしまう恐れだってあります。そうだとしたら、潜在意識の作用を逆手にとり、明るい将来のみをみつめ、日々、楽観的かつ肯定的に考え、行動していこうではありませんか。

出た結果が、自分にとってベストの答えである●獣の国と鳥の国

太古《たいこ》の昔《むかし》、「獣《けもの》の国《くに》」と「鳥《とり》の国《くに》」という二《ふた》つの国《くに》がありました。

このニ《ふた》つの国《くに》は隣《となり》にあったせいか、仲《なか》が悪《わる》く、いがみ合《あ》ってばかりいて、ある日《ひ》、ついに大戦争《だいせんそう》をはじめてしまいました。

戦争《せんそう》がはじまると、獣《けもの》の国《くに》に住《す》んでいた鳥《とり》たちは、かたっぱしから捕《つか》まえられ、殺《ころ》されてしまいました。

そこへ、一匹《いっぴき》のコウモリが飛《と》んできたので、獣《けもの》たちは捕《つか》まえるやいなや、早速《さっそく》、殺《ころ》そうとしました。すると、コウモリはこう弁解《べんかい》するではありませんか。

「ボクはネズミの仲間《なかま》で、あなたたちと同《おな》

じ獣《けもの》なんです。この翼《つばさ》のようにみえるのは指《ゆび》のあいだの膜《まく》なんです。だから、仲間《なかま》を殺《ころ》すようなことはやめてください」

こうして、コウモリは獣《けもの》たちを何《なん》とか説得《せっとく》し、殺《ころ》されずに済《す》んだわけですが、数日後《すうじつご》、鳥《とり》の国《くに》に差《さ》しかかったとき、コウモリは数日前《すうじつまえ》とは今度《こんど》は鳥《とり》たちに捕《つか》まってしまいました。

すると、コウモリは数日前とは一転《いってん》してこう弁解《べんかい》したのでした。

「ボクは獣《けもの》なんかじゃありません。翼《つばさ》だって、ほら、このとおり、立派《りっぱ》にあるじゃありませんか。だから、ボクはあなたたちの仲間《なかま》なんです」

コウモリの言葉《ことば》に鳥《とり》たちは、

「いわれてみれば、たしかにそのとおりだ。コイツには翼《つばさ》がある。オレたちの仲間《なかま》だ」

と納得《なっとく》。機転《きてん》を利《き》かせたコウモリは、こうして二度《にど》も命《いのちびろ》拾いできたのです。

一般にこの話は、「知恵があれば、どんな困難に直面しようとも乗り切ることができる」ということを解き明かしているとされていますが、私は次のように解釈しました。

「状況が悪いとき、不運に見舞われたときは、楽天の発想を行なうとよい。楽天の発想を行なえば、状況は好転するようになる」

楽天の発想とは自分の身に振りかかってくる現象を、すべてプラスの方向に解釈する考え方のことをいいます。要はどんな出来事に遭遇しても、それがトラブルやアクシデントであろうとも「すべて善である」「自分にとって物事が良い方向に進展している」と解釈するのです。

たとえば、給料日前、あなたの財布には五千円札が一枚しかなかったとしましょう。このとき、「ああ、たった五〇〇〇円しかない。給料日までやっていけなかったらどうしよう。誰かにお金を借りるしかないな」と考えるのではなく、「ああよかった。まだ五〇〇〇円もある。これだけあれば、給料日まで何とかしのげるかもしれない」とプラスに解釈するのです。

仕事でミスを犯し、上司からこっぴどく叱られた場合もしかり。「なにもあんな言い方しなくたっていいのに」と感情的になるのではなく、相手の真意を汲み取り、「上司は自分のためを思って注意してくれたのだ。ありがたい」と、善意に解釈するのです。

このように考えることは、それ自体がプラスの想念として、潜在意識に刻み込まれていくため、「いいことを思えば、いいことが起こる」という心の法則により、金運も仕事運も対人運も本当にアップするようになるのです。

それでは、ここで、楽天の発想の例を記しておきますので、是非参考にしてみてください。

・不況でボーナスをカットされたとき

従来の発想――チキショウ！　欲しいモノが買えないじゃないか！

楽天の発想――失業中の人のことを考えれば、給料がもらえるだけありがたい。

・友達に自分の悪口を言われたとき

従来の発想――なんだアイツ。いままで友達だと思っていたのに。

楽天の発想――たしかに自分にも悪いところはあったかも。たまには一人で冷静に考えてみよう。

・試験に落ちてしまったとき

従来の発想――また勉強しなければ、トホホ。

楽天の発想――もう一度勉強しなおせば、しっかりマスターできるぞ。

・彼氏（女）に浮気されたとき

従来の発想――ひどい！　もう誰も信じられない。

楽天の発想――悪い本性がわかってよかった。これで心おきなく新しい恋を探せる。

最悪の事態や失敗は成功への肥やしにする●イヌと肉屋さん

ある町《まち》に品揃《しなぞろ》えの豊富《ほうふ》な肉屋《にくや》さんがありました。鳥肉《とりにく》、豚肉《ぶたにく》、牛肉《ぎゅうにく》はもちろん、鹿《しか》や猪《いのしし》の肉《にく》まで揃《そろ》っています。そこへ、お腹《なか》を空《す》かせた一匹《いっぴき》のイヌがスキを狙《ねら》って入《はい》ってきて、素早《すばや》く豚《ぶた》の心臓《しんぞう》の肉《にく》をくわえて逃《に》げました。

肉屋《にくや》さんが気《き》づいたとき、すでにイヌは遠《とお》くにいってしまいました。が、その後《うし》ろ姿《すがた》を見《み》て店《みせ》の主人《しゅじん》は、こういいました。

「ありがとう。おまえさんのお陰《かげ》で、用心《ようじん》することを勉強《べんきょう》したよ。もう二度《にど》とこんな目《め》に遭《あ》わないように注意《ちゅうい》するからな」


この話は「逆境や失敗も何らかの教訓と解釈すれば、人生のコヤシとなる」「不幸な現象に遭遇するのも、それなりの意味があり、考え方次第ではいくらでもプラスの方向に生かしていくことができる」ということをあらわしています。

ここで、私が直接かかわったケースを紹介しましょう。

以前、ちょっとしたミスで第一志望の大手証券会社の最終面接試験に落ちたTさんという大学生が私のところへ相談にきました。

「その会社に入ることをずっと望みつづけていたにもかかわらず、採用不可となった。もう生きる張り合いがない」と、それはそれはひどい落ち込みようでしたが、私はあえてこういいました。

「酷《こく》な言い方かもしれませんが、あなたがいくら悔《く》やんだところで、採用不可という結果は変えようがないのです。だから、今回の件は一日も早く忘れ、第二志望の会社に向けて一点集中することだけを考えてください。それと今回のミスを教訓に、二度と同じあやまちをくり返さないようにすることです」

つづけて、私は次のようにもアドバイスしました。

「それに、神様はあなたのためを思って、もっとやりがいのある仕事ができる会社に入れようとしているのかもしれません。『第一志望の会社ではなく、別の会社で働いたほうが、あなたの日々の仕事の発展につながる』と、神様が潜在意識を通してシグナルを送っているのかもしれないのです」

つまり、ある種の願望がかなうと、かえってその人の人生が不幸になる場合があるので、その事態を避けるために、神様が軌道修正を図ってくれることもあるということをTさんにいいたかったわけです。

そして、私の予感は見事に的中しました。あの後、Tさんは第二志望の信用金庫に入社したのですが、その数年後、第一志望だった証券会社が多額の負債を抱えたまま倒産してしまったからです。

このニュースを知ったTさんは、早速、私に電話をかけてきました。そして、こう語ってくれたのがとても印象的でした。

「いまにして思えば、第一志望だった証券会社に入れなくて大正解でした。もし、あの会社に入社していたら、いまごろはとんでもないことになっていたでしょう。私は、私自身を守ってくれた神様と、そのことに気づかせてくれたあなたにとても感謝します」

あらためていいますが、不幸な現象に直面したり、大きな失敗を犯したとき、ただただ嘆き悲しんだり、悔《くや》しがっているだけでは、心はますますネガティブな方向に傾いてしまいます。

しかし、それらを何らかの教訓、あるいは神様からのシグナル（人生をより良くするための軌道修正）であると受け止め、瞬時に立ち直るように努めれば、その後の人生展開はガラリと好転するようになるのです。

たいていの苦しみは時間が解決してくれる●お腹のふくれたキツネ

森《もり》のなかで、キツネがうろつき回《まわ》っていました。キツネは一日《いちにち》じゅう何《なに》も食《た》べていなかったため、お腹《なか》がすいてエサを探《さが》していたのです。

小《ちい》さなほら穴《あな》の前《まえ》にいくと、キコリが忘《わす》れていったパンとハムが置《お》いてあるのがみえたので、なかに入《はい》って全部《ぜんぶ》食《た》べてしまいました。

すると、満腹《まんぷく》になったのはいいのですが、お腹《なか》がふくれて、キツネはほら穴《あな》からでられなくなってしまいました。

キツネが困《こま》り果《は》てて泣《な》いていると、友達《ともだち》のキツネが通《とお》りかかり、事情《じじょう》を聞《き》くやいなや、こうアドバイスしてくれました。

「嘆《なげ》き悲《かな》しむことなんかないさ。明日《あした》になれば、またお腹《なか》が元《もと》に戻《もど》って、そこからでられるようになるさ」

詳しい説明は不要でしょう。「困難や逆境は、時が解決してくれる」ということを、この話は解き明かしています。

その典型として失恋があげられます。たとえば、私が行なっている恋愛カウンセリングでも、「彼氏にふられた。もう生きているのがイヤになった。この先どうしていけばいいのか?」という相談をもちかけてくる人が後を絶ちませんが、このとき、私はかならず次のようにアドバイスしています。

「いまはたしかに辛いかもしれませんが、『生きているのがイヤだ』などとヤケを起こしてはなりません。心の痛みは時間が解決してくれます。失恋は決して無駄ではありません。あなたという人間を成長させてくれ、もっとあなたにふさわしい、素晴らしい恋人と出会うチャンスを与えてくれるからです」

「あなたにとって、いまは冬の時期であると考えてください。いま、冬だとしたら、かならず春が訪れ、幸せの花が咲く日がやってきます。その日に向けて、あなたの心のなかの花壇をお手入れして、春には大輪《たいりん》の美しい花を咲かせてください」

これは失恋に限らず、人生のあらゆることに当てはめて考えることができます。長い人生においては、悲喜こもごも、さまざまな時期があり、一生のうちで一度や二度くらいは、「どうにもならない」「じっとしているしかない」という状態のときがあるでしょう。

でも、そういうときに焦りは禁物です。もちろん、前述したように、いざというときのために備えて、知識や情報を吸収したり、技術の習得に励《はげ》んだり、映画や音楽や小説などにふれたり、積極的に人と会うなどして、自己を磨いておくことも大切です。

しかし、「神様がしばらくのあいだ、心身を休ませよと、シグナルを送ってくれているのだ」と楽観的に解釈し、春が訪れるまで、心身を緊張感から解き放つこともまた重要なことなのです。

人を見かけで判断すると痛い目をみる●水辺のシカ

シカが泉《いずみ》の水《みず》を飲《の》んでいる最中《さいちゅう》、ふと水面《すいめん》に映《うつ》る自分《じぶん》の姿《すがた》をみると、ツノがあまりにも立《りっ》派《ぱ》なので、思《おも》わず得意《とくい》な気分《きぶん》になりました。でも、足《あし》が細《ほそ》くて、か弱《よわ》そうなのが、唯一残念《ゆいいつざんねん》でたまりませんでした。

そのときです。草《くさ》むらからライオンが走《はし》り寄《よ》ってくるではありませんか。

シカは一目散《いちもくさん》に逃《に》げだしました。原《はら》っぱをどんどん走《はし》って、だいぶライオンを引《ひ》き離《はな》しました。しかし、背《せ》の高《たか》い草《くさ》や木《き》が生《お》い茂《しげ》った場所《ばしょ》にくると、ツノが枝《えだ》にからまって進《すす》めなくなったのです。

そして、追《お》いついたライオンに襲《おそ》いかかられる寸前《すんぜん》、こう思《おも》いました。

「ああ……、何《なん》てことだ。細《ほそ》すぎてイヤでイヤでたまらなかった足《あし》のお陰《かげ》で逃《に》げ延《の》びられそうだったのに、自信《じしん》のあったツノのせいで捕《つか》まってしまうとは……」


この話を現代社会に置き換えて考えると、二通りの解釈ができます。

一つは「窮地《きゅうち》に立たされたとき、頼りないと思っていた人が、支えになってくれたり、救ってくれたりすることがある。逆に、当てにしていた人がまるで頼りにならなかったり、裏切ったりすることがある。人をみかけで判断してはならない」ということです。

たとえば、Aさんという人に、物知りで頼りがいがあるBさんと、引っ込み思案なCさんという二人の友人がいたとしましょう。AさんはBさんの勧めで先物取引に手をだしました。しかし、商品は暴落し、Aさんは自宅を手放さなければならないほどの損害を負いました。でも、見兼ねたCさんが弁護士を紹介してくれたお陰で、何とか家を手放さずに済んだのです。いっぽう、頼りになると思っていたBさんは、夜逃げして、行方《ゆくえ》をくらませてしまった……。

これと似たような話は、私たちの身近でもよく耳にするものです。

人間関係は不思議なものです。「相性が悪い」「とっつきにくい奴だ」といって、敬遠していては、二人の仲は悪くなることはあっても、よくなることはありません。こちらから近づき、とにかく話してみる。こちらが心を開けば、相手のよさもみえてくるものです。離れたところから疑心暗鬼《ぎしんあんき》になって相手をみていると、ますます相手のイヤなところが目についてしまうものです。

相手との関係をよくするには、相手の真意や人間性を汲み取って接するように心がけることが大切です。

もう一つの解釈として、「人の性格でも、ずっと長所だと思っていたところが、案外、短所だったり、その反対に短所だと思っていたところが、意外にも長所だったりすることもある」ということも、たしかなことです。

人にはかならず、いい面も、悪い面もあります。気づいていないかもしれませんが、もちろん、あなただってそうです。自信に満ちあふれている人でも、他人は案外、あなたの短所を鋭く見抜いているかもしれません。

だから、というわけではありませんが、人の欠点には少々目をつぶるくらいの余裕がほしいものです。

イソップの話でいえば、長所だと思われていたシカのツノと短所だと思われていたシカの足がこれに当てはまります。

そこで、自他ともに性格の欠点が気になり、嫌気がさすようでしたら、意識的に楽天の発想を行ない、次のように解釈するように努めてください。

たった、これだけのことでもマイナスの感情は消え失せ、代わりにプラスの感情が湧き起こるはずです。

・周囲のいうことに耳を貸さず、頑固な性格をしている→それだけ意志が強い証拠だ。
・気が強くて自分勝手なところがある→信念が強く、責任感がある証拠だ。
・飽きっぽく、三日坊主のところがある→それだけ柔軟性がある証拠だ。
・ケチだ→経済観念がある証拠だ。
・ずうずうしいところがある→積極的に考え、積極的に行動している証拠だ。
・神経質で細かすぎる→それだけ繊細で几帳面な証拠だ。
・気が小さい→慎重で用心深いので、大きな失敗を犯さずにすむ。
・単純なところがある→大変素直で純情な証拠だ。
・感情の起伏が激しく、些細なことでカッとなる→それだけ正直で純真な証拠だ。
・とにかく、わがままだ→自分をごまかさずに、自分に忠実に生きている証拠だ。

いかがでしょう。これらはほんの一例にすぎませんが、このように意識的に（最初のうちは無理してでもいいから）楽天の発想を行なっていけば、自己嫌悪感が消え失せるだけでなく、対人運も驚くほど好転するようになるのです。

量や速さを競うよりも質で勝ちなさい●ライオンとキツネ

メスのライオンが難産《なんざん》の末《すえ》、一匹《いっぴき》の子《こ》ライオンを産《う》みました。ライオンは子供《こども》が可《か》愛《わい》くて仕方《しかた》ありません。そこへメスのキツネが通《とお》りがかり、こうケチをつけました。

「出産《しゅっさん》おめでとう。だけど、一度《いちど》に一匹《いっぴき》しか産《う》めないなんて可哀相《かわいそう》ね。私《わたし》なんか一度《いちど》に何匹《なんびき》も産《う》むから、子供《こども》がいっぱいで、家《いえ》じゅう大《おお》にぎわいよ」

メスのライオンはこう言《い》い返《かえ》しました。

「あらそう。それはよかったわね。でも、うちの子《こ》はたった一匹《いっぴき》でも百獣《ひゃくじゅう》の王《おう》ライオンには変《か》わりないわ」

説明は不要でしょう。「量よりも質」ということを、この話は教えてくれています。

以前、テレビ番組でも放映していましたが、都内の某所に「とにかく美味い」と評判の〝限定一〇〇食のうなぎ屋〟があります。オーダーしてからテーブルに届くまで四〇分近くも待たされ、値段も決して安いわけではありません。しかし、地元でも抜群の人気を誇っており、いつも行列が絶えません。なぜ、そんなに人気があるのか？

素材やタレに徹底してこだわり、つくり置きを一切しないからです。オーダーを受けてから、ウナギをさばく。さばいたウナギを一回しら焼きにし、蒸した後、もう一度秘伝のタレをつけて焼く。だから味は絶品なのだと店主はいいます。

もう一つ、体験談を紹介しましょう。私の知人Y氏がサラリーマンだったころ、職場の上司がY氏と同僚のA氏に企画書の作成を命じたことがありました。

「この部署はいつも企画書の提出が少なく肩身が狭い」と、上司がつぶやいていたのを思いだしたのでしょう。A氏はあっという間に三案もの企画書を仕上げました。

いっぽう、Y氏はといえば、よい企画を提出しようと、参考資料を読みあさったり、マーケティング・リサーチを念入りに行なうなどして腰をすえて取り組み、期日までに一案を仕上げました。

そして企画会議の結果、A氏には気の毒でしたが、Y氏の立案した企画がパスしました。やがて、会議終了後、上司はY氏とA氏を呼び寄せ、こういいました。

「Y君、よくやってくれた。素晴らしい企画だ。私も鼻が高いよ」
「それにくらべてA君。何だ、あの企画書は！　文章もわかりづらく、誤字脱字も多かったぞ。企画書は量より質だ。たくさん提出すればいいってもんじゃない」

さて、これらの例にもあるように、物事は早ければいいというものではありません。他人《ひと》にくらべて、たとえ遅くとも、雑で間違っているより、正確・丁寧でハイクオリティなほうを誰だって評価するものなのです。

だから、そのことでひけ目を感じたら、「量より質だ」と心のなかで強く叫びながら楽天の発想を図ってください。だからといって、遅すぎるのも厳禁です。提出期限に間に合わないようでは、せっかくやったことも意味ないものになってしまうことは、いうまでもありません。

人をうらやむのは実に愚かなこと●馬になりたいロバ

ある牧場《ぼくじょう》に、毎日《まいにち》、重《おも》い荷物《にもつ》を背負《せお》わされ、まずいエサしか食《た》べさせてもらえない大変《たいへん》みすぼらしい姿《すがた》のロバがいました。

その隣《となり》の小屋《こや》では、毛並《けな》みのツヤツヤしたウマたちが飼《か》われていました。

ウマたちは人間《にんげん》から美味《おい》しいエサをたっぷり与《あた》えられたり、丁寧《ていねい》に世話《せわ》をしてもらっているので、ロバはうらやましくてたまりません。

「オレは毎日《まいにち》、人間《にんげん》にこき使《つか》われているというのに、ウマたちは大事《だいじ》にされて快適《かいてき》に暮《く》らしている。オレもウマに生《う》まれてくればよかった。ウマがうらやましいよ……」

このようにロバは己《おのれ》の不運《ふうん》を嘆《なげ》きつづけましたが、あるとき、戦争《せんそう》がはじまると事《じ》態《たい》は一変《いっぺん》しました。ウマたちは戦争《せんそう》に駆《か》りだされ、剣《つるぎ》で傷《きず》つけられるなど、死《し》ぬような思《おも》いをしたのです。

そして、瀕死《ひんし》の重症《じゅうしょう》を負《お》って戻《もど》ってきた一頭《いっとう》のウマがロバに向《む》かっていいました。

「戦争《せんそう》に駆《か》りだされ、死《し》ぬような思《おも》いをするなんて、もうこりごりだ。ああ、ボクも

キミのようにロバに生《う》まれてくればよかった。キミがうらやましいよ……」

以来《いらい》、ロバがウマをうらやましがることはなくなりました。


「隣の芝生は青くみえるものである。あなたがうらやましいと思っている相手もまた、あなたのことをうらやましがっている」

「自分がいざ相手と同じ立場になれたからといって、幸福になれるとは限らない。かえって不幸になる場合もある」

ということを解き明かしています。

その好例が社長業でしょう。みなさんのなかには、出世を重ねて、あるいは脱サラ・独立を果たして社長になりたいと考えている人がいるかもしれませんが、社長業というのは、みなさんが考えているほど、うらやましいものではありません。外車を乗り回し、高級クラブでお酒を飲み、盆・暮れ・正月は家族で海外で過ごすなどというのは、錯覚もいいところで、そんな優雅で贅沢な生活ができる保証など、どこにもないのです。

社長や経営者というのは、業種を問わず、いつの時代においても、とにかく孤独で、仕事自体もものすごくハードです。社員を適材適所に配してコントロールしていくだけでなく、毎月の資金繰《しきんぐ》りに奔走《ほんそう》しなくてはなりません。銀行からお金を借りるにしても、自分の家を真っ先に担保に入れるぐらいの覚悟が要求されます。そして何より、社員の生活を保証するだけの業績を上げなくてはなりません。このプレッシャーが想像できるでしょうか。すべて自分に責任が覆いかぶさってくるのです。

現に、脱サラを果たして自分で事業をはじめたものの、けっきょくリタイアせざるを得なくなった人たちを私は大勢みてきました。

しかし、これは事業を起こした人ばかりにいえることではありません。ふつうのサラリーマンとて、例外ではありません。みなさんにも経験があるはずです。

たとえば、事務職についている人は、営業職をみていると、なんてうらやましいと思うことがあります。いつも外へでかけられ、そこには自由があるようにみえます。喫茶店で休むことも許されるし、場合によっては空いた時間に私用をこなすことも可能です。

いっぽう、営業職にある人は、ノルマを課せられ、プレッシャーのなかで仕事をしている。これは大変なことで、「事務職は気楽でいいなあ」などと思っているものです。

だから、もし他人をうらやましく感じたら、当人は大変な思いをしているのだということを思いだしてください。

そうです。こういう場合も意識的に楽天の発想を行ない、「彼のことをうらやましく感じることもあるが、彼とちがい、自分にはこういう利点がある。彼と比較した場合、自分はこういう苦労を味わわずに済む」と考えるようにするのです。

それでも、相手がうらやましいと感じたら、「彼のようになることが、自分の人生にとって本当に望ましいことなのか？」「そうなることが、自分自身にとっての生きがいや自己実現につながることとなのか？」をじっくりと吟味してみてください。

このように心がけていけば、隣の芝生ではなく、このイソップ物語のロバのように自分の芝生が青くみえるようになるはずです。

まわりの目を気にして自分を押し殺さない●オリのライオンとキツネ

ライオンが森《もり》のなかを歩《ある》いていると、ワナにかかってしまい、人間《にんげん》に生《い》け捕《ど》りにされ、オリのなかに入《い》れられてしまいました。

そこにキツネがあらわれ、オリのなかのライオンに向《む》かって、こういいました。

「人間《にんげん》のワナに簡単《かんたん》にかかって捕《つか》まってしまうなんて、キミも本当《ほんとう》にバカだね。たいした知《ち》恵《え》もないくせに、いままでずいぶんエバってきたもんだ」

キツネにバカにされたライオンは、こう思《おも》いました。

「世《よ》の中《なか》、運《うん》の悪《わる》いことがあると、それにつけ込《こ》んでひどいことをいってきたり、バカにしたりする者《もの》がでてくるものだ。まともに相手《あいて》にすると腹《はら》が立《た》つから、こいつのいうことは無視《むし》しよう」

一般にこの話は、「どんなに偉い人であっても、逆境に陥ると、つまらぬ連中にまでバカにされることが多い」ということを示唆しているわけですが、次のようにも解釈できないものでしょうか。

「他人の言葉に惑わされ、一喜一憂してはならない」

たとえば、私たちが夢の実現や目標に向かって行動しようとすると、かならずといっていいほど、誰かしらが、「それはやめたほうがいい」「キミには無理だ」「私は反対だ」といったネガティブな意見を唱えてきます。そのため、そういう意見に振り回されてしまい、せっかくのチャンスを逃してしまう人も少なくありません。

また、なかには、まわりの目ばかり気にして、「他人《ひと》は自分のことをどう評価しているのだろうか？　内心、バカにしているんじゃないだろうか？」「こんなことをしたら笑われるんじゃないだろうか？」と考えるあまり、ついつい消極的になってしまう人もいます。

しかし、ここでキチンと認識すべきことは、あなたの人生を決めるのは、周囲ではなく、あくまであなた自身であるということです。それなのに、周囲の意見に振り回され、自己実現が果たせないなんて、こんなに馬鹿らしいことはありません。

だから、あなたが新しい事にチャレンジする際、あなたにとってマイナスとなる意見には絶対に耳を貸さないことです。自分が「こうだ」と思ったら、初志を貫徹する覚悟で邁進していってください。

それでも、周囲の意見に惑わされるようなら、楽天の発想を行ない、心のなかで強くこう叫んでください。

「現状維持の人生なんて、まっぴらごめんだ。どうせなら、やらないで後悔するより、やって後悔したほうがマシというものだ」

「私に非難を浴びせかけてくる人たちは、たった一度きりの人生を台無しにしている。なんて可哀相な人たちなのだろう」

また、他人の自分にたいする評価、すなわち噂話や陰口が気になる人は、これまた次のように楽天の発想を行なえば、気持ちがだいぶ楽になるはずです。

「誰からも噂されず、陰口もいわれないというのは、誰からも相手にされず無視されている証拠だ。他人が私の噂話をしたり、陰口をいうのは、よくも悪くも、それだけ意識され、注目を浴びている証拠だ」

出る杭は打たれる、とはよくいったもの。案外、あなたの才能や実力に嫉妬《しっと》している人だっているかもしれないのです。

悲しんでばかりいると不幸が集まってくる●悲嘆の神

ある国《くに》の女王《じょおう》が王子《おうじ》を亡《な》くして悲《かな》しんでいたので、哲学者《てつがくしゃ》がなぐさめにいき、こんな話《はなし》をしてあげました。

「昔《むかし》、神様《かみさま》のなかでもいちばん偉《えら》いゼウスの神様《かみさま》が、神々《かみがみ》に仕事《しごと》を与《あた》えました。その結果《けっか》〝美《び》〟をつかさどるのはビーナス神《しん》となり、〝お酒《さけ》〟はバッカス神《しん》というふうに割《わ》り当《あ》てられました。

しかし、悲嘆《ひたん》の神《かみ》が遅刻《ちこく》してきて、『自分《じぶん》にも何《なに》か割《わ》り当《あ》ててほしい』といってきたので、ゼウスの神様《かみさま》は仕方《しかた》なく〝涙《なみだ》と心痛《しんつう》〟を与《あた》えることにしました。

それ以来《いらい》、悲嘆《ひたん》の神《かみ》は自分《じぶん》を慕《した》ってくれ

る人《ひと》たちと、とても仲良《なかよ》くするようになりました。人間《にんげん》が悲嘆《ひたん》の神《かみ》を必要《ひつよう》とすればするほど、悲嘆《ひたん》の神《かみ》も人間《にんげん》を愛《あい》するようになりました。

その結果《けっか》、より多《おお》くの涙《なみだ》と心痛《しんつう》が人間《にんげん》に与《あた》えられるようになったのです」

哲学者《てつがくしゃ》はこのように話《はな》した後《のち》、さらに女《じょ》王様《おうさま》にいいました。

「ですから、これ以上《いじょう》、悲《かな》しい出来事《できごと》が起《お》こらないように、女王様《じょおうさま》も悲嘆《ひたん》の神《かみ》に冷《つめ》たくなさるようにしてください。そうしないと、ますます悲嘆《ひたん》の神《かみ》が女王様《じょおうさま》のことを愛《あい》し、悲《かな》しいことが次々《つぎつぎ》と起《お》こってくるでしょう」

いわんとする意味はおわかりいただけたと思います。「悲嘆に暮れてばかりいると、悲しい出来事がどんどん生じてしまう」ということを、この話は教えてくれています。

私の持論に置き換えていえば、「悲しみに打ちひしがれるなどして、いつもネガティブな気持ちでいると、その思いがマイナスの想念と化して潜在意識に刻まれてしまうため、ますますネガティブな現象に見舞われるようになる。だから、どんなに辛くとも、悲しい出来事に遭遇しようとも、できるだけ明るく振る舞うように努めたり、楽しいことや愉快なことだけを考えるようにする。そうすれば、悲しみや不幸を切り抜けられる」と解釈してみるのはいかがでしょうか

実例を紹介しましょう。いまからおよそ一〇年ほど前、建設会社で営業の仕事をしていた知人のUさんは、仕事上の失敗が原因で、東京本社から青森の営業所に飛ばされたことがありました。

「出世を夢みて一生懸命頑張ってきたというのに、こんなことになるとは悔《くや》しくてたまらない。妻や娘からは、『青森なんて遠いところはイヤ！　パパ、単身赴任じゃだめなの？』といわれるし、夢も希望もない。もう、こんな会社辞めてしまおうか……」

このように、大いに悲嘆に暮れるUさんにたいし、私は次のようにアドバイスしました。

「人生は何が災いして何が幸いするかわかりません。案外、青森へいけば、いいことが起きるかもしれません。だから、青森へイヤイヤいくなどと考えず、青森での生活を思い切りエンジョイしようとポジティブに考えてみてはいかがでしょう？」

「単身赴任だと考えるから、みじめな気持ちになるのです。でも、発想を転換させ、独身貴族

を楽しむと考えれば、気分だってウキウキしてくるはずです。都会から離れた僻地《へきち》だと思うから、寂しい気持ちになるのです。でも、観光地巡りができたり、その土地ならではの料理が堪能《たんのう》できると考えれば、気分もワクワクしてくるはずです」

私のアドバイスがすこしは役に立ったのでしょうか。Uさんは、青森の空気と人情に接していくうちに、次第に元気になり、風土にも溶け込めるようになりました。冬はスキーをしたり、カマクラをつくったり、夏はねぶた祭りに奔走するなど、都会では味うことのない余暇を満喫したからです。また、職場の人間関係も本社とちがって、和気あいあいとしていたため、つまらないこだわり、ご機嫌うかがいといった、自分を縛っているものから、心を解き放つことができたのです。

心がポジティブになれば、仕事の成果もアップするもので、次々と大型物件の受注に成功。これが本社からも認められることになり、青森営業所に配属されてから、わずか三年で本社へ栄転することができたのです。

本書を執筆中、新宿の喫茶店で、Uさんとお会いしたところ、こう語ってくれたのがとても印象的でした。

「あのとき、ヤケになって会社を辞めたり、落ち込みつづけなくて本当に良かったと思っています。もし、左遷されたことを気に病み、うつむいて暮らしていたら、青森の良さもわからず、辛い思いを引きずっていたかもしれません」

「それにいまは不況のせいで、本社のエリートだった連中でさえもリストラに遭っているのが実情です。それにくらべると、私はささやかながらも栄転し、昇進を果たすことができたわけですから、こんなにありがたいことはありません」

Uさんの言葉を聞いたとき、楽天の発想を行ない、ネガティブだった気持ちをポジティブな方向へ切り替えたお陰で、自分なりの幸せを手にすることができたのだと私は確信しました。

この話は決して特異な例ではありません。

あなたにも、まったく同じことがいえます。先程も述べましたが、人生は何が災いして何が幸いするかわかりません。潜在意識の著名な研究家として知られているジョセフ・マーフィー博士も、「一切の災いのなかに幸福の芽が潜《ひそ》んでいる」という名言を残しましたが、一見すると不幸と思えるような現象が、じつは幸福の前ぶれであったりすることもあるのです。

だから、あなたも自分の身に振りかかってくる現象のすべてを「幸福の芽」であると解釈し、これからの人生のなかでそれを〝大きな幸福の幹〟へと育てていこうではありませんか。

そう決意した瞬間、悲嘆の神はあなたの元から去り、代わりに歓喜の神があなたの輝かしい前途を祝福しに訪れるようになるのです。

イソップから学ぶ幸せのヒント④

あなたは自分に正直に生きていますか

夢の実現や成功を目指し、積極的、楽観的に考え、行動しても、自分の本当の気持ちに逆らったり、コンプレックスや不安感などにさいなまれるようでは、自分という人間の本質を見失ってしまう恐れがある。

成功と幸福を呼び込むためには、自分の本当の気持ちを自覚し、尊重して、快適に生きようとする姿勢をもつべきなのだ。私はこれを快生思考と呼んでいる。快生思考が高まれば、自分の欠点など気にならなくなると同時に、不安や心配、ストレスといったマイナスの感情さえもコントロールできるようになる。そうなれば、自分の生き方や価値観、信念にたいしてますます自信がもてるようになるのである。

不平、不満、愚痴は あなたを不幸せにする●旅人と神

一人《ひとり》の旅人《たびびと》が長《なが》い旅路《たびじ》を終《お》え、故郷《ふるさと》に戻《もど》りました。しかし、あまりにも疲《つか》れていたので、自宅《じたく》にたどりつく前《まえ》に、井戸端《いどばた》に倒《たお》れ込《こ》んで眠《ねむ》りこけてしまいました。

相当疲《そうとうつか》れていたのでしょう。旅人《たびびと》は寝相《ねぞう》が悪《わる》く、いまにも井戸《いど》のなかに落《お》ちそうなことに気《き》づきません。

いまにも落《お》っこちる、そのすんでのところに神様《かみさま》があらわれ、旅人《たびびと》を起《お》こして、こういいました。

「もうすこしで井戸《いど》に落《お》ちるところであったぞ。もし落《お》ちていたら、オマエは自分《じぶん》の不注意《ふちゅうい》を棚《たな》に上《あ》げて、『オレはどうしてこう

ツイてないんだ』『この世《よ》に神《かみ》などあるものか』と、私《わたし》を呪《のろ》っていたであろう」

この話は、「多くの人間は自分のせいで不幸な目に遭いながら、すぐに神を非難する」ということを解き明かしていると解釈《かいしゃく》できますが、「不運を嘆く前に、日ごろの自分自身の考え方や行ないを点検せよ」とも解釈できます。

たとえば、私の所に、「いくらよい『思い』を心がけても、ちっとも運が良くならない。全然効果がないというのはどうしてか？」とか、「願望が達成したシーンを強くイメージしているにもかかわらず、いっこうに状況が好転しない。いったいどうしてか？」といった質問をもちかけてくる人がいます。しかし、そういう人たちをみていると、ある種の共通点を発見することができます。

それは、己の境遇を嘆き、不平不満・グチをこぼしたり、誰かの悪口をいったり、他人を妬《ねた》みつづけているということです。

「自分は大学をでていない。だから出世できない。同期の誰々は大学を卒業しているというだけで優遇されている」

「こんなに頑張っているのに、上司は自分の才能を認めようとはしてくれない」

「資産家の家に生まれた彼（彼女）がうらやましくてたまらない。あんなに贅沢《ぜいたく》しやがって……。

腹が立ったら、ありゃしない」

という感情がその典型です。

しかし、こういった感情を抱いている限り、潜在意識はその人の期待に応えてはくれません。すでにおわかりいただけたと思いますが、こうした感情はマイナスの想念にほかならず、潜在意識に悪い種をまく結果となるからです。

つまり、自分ではポジティブに振る舞い、願望を強く思いつづけていたとしても、それ以外の時間、自分の境遇を呪わんばかりに不平不満やグチをこぼしていたり、上司や同僚の悪口をいいつづけていたり、お金持ちの友人を妬んだりしていては、そちらのほうが優先的かつ強烈に潜在意識にインプットされてしまうため、けっきょくは悪い現象しか自分に跳ね返ってこなくなるわけです。これでは堂々巡りをくり返すだけで、状況はいっこうに好転しないに決まっています。

そこで、この悪循環を断つためには、日常生活における想念全般、すなわち言葉づかい・行動・態度・習慣・感情・性格・人間性・人生観等々を見直し、すこしでも快適な方向に転化していく必要があります。そうです。仕事のストレス、対人関係、トラブルなどから派生するマイナスの感情を制御・改善していく術《すべ》をマスターするのです。

そのためには、前章で述べた「楽天の発想」を習慣化することが望ましいわけですが、根本的な解決策として、「コンプレックス・自己嫌悪・見栄・妬み・怒りといった感情がどうして起きるのか？　そうした感情が起きないようにするためにはどうすればいいのか？」を考える必要があります。

そこで、この章では、イソップ童話の教えと照らし合わせながら、その辺のノウハウから、解説していきたいと思います。

欠点や弱点のない人などこの世にはいない●ライオンとゾウと神様

ライオンが神様《かみさま》にいいました。

「神様《かみさま》が私《わたし》を、美《うつく》しく、りりしくつくってくださったことには感謝《かんしゃ》します。しかも、この強《つよ》くたくましい肉体《にくたい》は自分《じぶん》でもホレボレするほどです。でも、一《ひと》つだけ不満《ふまん》があります。ほかの者《もの》には恥《は》ずかしくていえないのですが、私《わたし》はニワトリが怖《こわ》いのです」

すると、神様《かみさま》はこう返答《へんとう》しました。

「百獣《ひゃくじゅう》の王《おう》であるライオンたる者《もの》がそんなことでクヨクヨ悩《なや》んでいたとは情《なさ》けない。どんな者《もの》にも弱点《じゃくてん》はある。それを乗《の》り越《こ》える精神力《せいしんりょく》を養《やしな》いなさい。ニワトリが怖《こわ》いというのは、あなたの心《こころ》の問題《もんだい》だ。ゾウの所《ところ》へいって話《はなし》を聞《き》いてみるといい」

ライオンはいっそう落《お》ち込《こ》みました。外見《がいけん》は立派《りっぱ》でも、心《こころ》は弱《よわ》い臆病者《おくびょうもの》の自分《じぶん》がホトホト情《なさ》けなくなったのです。

そして、神様《かみさま》の言葉《ことば》に従《したが》い、ゾウの所《ところ》へいってみることにしました。すると、ゾウは休《やす》みなく耳《みみ》を動《うご》かして、蚊《か》を追《お》い払《はら》いながら、こういうではありませんか。

「まったく、この蚊《か》どもには参《まい》ってしまうよ。もし、コイツが耳《みみ》のなかに入《はい》って、ひと刺《さ》しでもしようものなら、ボクは死《し》んでしまうんだからね」

ゾウの言葉《ことば》にライオンは急《きゅう》に元気《げんき》がでてきました。これほど堂々《どうどう》とした大《おお》きな象《ぞう》でさえ、ちっぽけな蚊《か》が弱点《じゃくてん》だったからです。

どんな人間にも欠点や弱点はある。だから、必要以上にそれを気にしてコンプレックスにさいなまれたり、自分はダメな人間だと思ってクヨクヨして生きることほど愚かなことはない、ということをこの話は解き明かしています。

実際、私の所へ相談にみえる人のなかで、自分の欠点や弱点にさいなまれている人は、全員といっていいほど自己嫌悪感を抱いています。情けないと知りながら、欠点や弱点が気になるから、それを覆い隠そうとします。覆い隠そうとすればするほど、緊張を強いられ、心身が疲れてしまう。心身が疲れれば疲れるほど、欠点や弱点を気にしながら生きている自分に嫌気がさしてしまう。まさに、この物語に登場するライオンのような生き方をしているわけです。しかし、そんなことをしていては、心の状態がますますネガティブになり、自分で自分を地獄に引きずり込んでしまうようなものです。

では、どうすればいいのかというと、自分の欠点や弱点を覆い隠そうとせず、あるがままの自分を堂々とさらけだしてしまうのです。そうすれば、緊張を強いられ、心身が疲労困憊《ひろうこんぱい》することもなくなり、いい意味で、「もう、すべてをさらけだしたんだから、他人がどう思おうが、どうでもいいや」という開き直りの気持ちになれます。この開き直りの気持ちがポジティブな感情を生みだし、ひいては自己嫌悪感をも消滅させてくれるのです。

その意味からも、ベストセラーとなった『五体不満足』の著者である乙武洋匡さんには脱帽《だつぼう》させられます。

生まれたときから身体に重度の障害をもちながら、自らを卑下《ひげ》することもなく「障害は不便です。だけど、不幸ではありません」と平然という精神力と純粋さには心を打たれます。みなさんのなかにも著書を読まれて感動し、勇気づけられた人がいるのではないでしょうか。

乙武さんには身体障害者ということについて、暗く湿っぽい雰囲気など微塵《みじん》も感じられません。自分のハンディを覆い隠そうとせず、真っ正面からとらえ、ポジティブに生きることのできる素晴らしい人間だと思います。

換言すれば、彼のように自己否定せず、あるがままの自分を受け入れることが、欠点や弱点の克服になり、人間として飛躍・向上していくことにつながっていくのです。

人と自分の優劣を競っても決着はつかない●カメとワシ

カメが河原《かわら》で機嫌《きげん》よく甲羅《こうら》干《ぼ》しをしていました。

「ああ、気持《きも》ちがいい。たらふくエサを食《た》べて、ひと泳《およ》ぎした後《あと》の日向《ひなた》ぼっこは最高《さいこう》にいい。空《そら》も青《あお》いし、まるで王様《おうさま》のような気分《きぶん》だ」

こう思《おも》いながら空《そら》をみていると、ワシがゆうゆうと青空《あおぞら》を飛《と》んでいます。それをみたカメはうらやましくなり、空《そら》を飛《と》びたくなりました。

そこでワシの所《ところ》へいき、

「私《わたし》にも飛《と》び方《かた》を教《おし》えてくれ」

と懇願《こんがん》しました。しかし、それは無理難《むりなん》

題《だい》というものです。ワシは、

「やめたほうがいい。キミには空《そら》を飛《と》ぶことなど、絶対《ぜったい》にできないよ」

と、何度《なんど》も断《ことわ》ったのですが、それでもカメはしつこくせがむので、仕方《しかた》なくカメをつかんで空高《そらたか》く飛《と》び立《た》ちました。そして、

「ここからは自分《じぶん》の力《ちから》で飛《と》んでごらん」

といって、空《そら》の上《うえ》からカメを放《はな》しました。カメは真《ま》っさかさまに落下《らっか》し、岩場《いわば》に落《お》ちて死《し》んでしまったのです。

この話は二つの教えを解き明かしています。一つは、「おごり高ぶって分不相応なことに手をだすと何事も失敗に終わってしまう」ということです。

その好例として引き合いにださずにいられないのが豊臣秀吉です。皆さんもご存じのように、若いころの秀吉は気転がきき、人の気持ちをつかむのがとても上手だったといわれています。その才能を織田信長に買われてとんとん拍子に出世していったわけですが、天下をとるやいなや、人格が豹変《ひょうへん》しました。「自分はこの国でいちばん偉い。不可能なことは何一つない」「その

気になれば何でも手に入る」という傲慢《ごうまん》な気持ちがそうさせたのでしょう。国内制覇だけでは飽き足らず、朝鮮へ兵をだすなど、無謀な行為をくり返したのです。そのため、彼を支えていた多くの人たちが彼の元から去って行ってしまい、彼の死後、豊臣家は次第に没落、とうとう家康に取って代わられてしまったのです。

逆に家康は秀吉の失敗を教訓にしたのか、分不相応なことには一切手をだしませんでした。海外を侵略するなどもってのほか、それよりも戦乱の世を鎮めることが重要と考え、ひたすら国内の平和・安定を図ったのです。だからこそ、徳川幕府は二七〇年もつづいたのでしょう。

イソップ物語のカメや、豊臣秀吉の例が教えてくれるように、人生においては、あくなき欲求を希求すればいいというものではありません。大きな夢を描いて邁進《まいしん》していく姿勢ももちろん大切ですが、基本的には自分という人間の本質をキチンと理解し、「自分はいったい何がしたいのか？ どうなりたいのか？」「それが自分にとって生きがいの創造や自己実現につながっていくのか？」を考え、行動することが大切であり、そうすることが快適に生きることにもつながっていくのです。

そしてもう一つ、「他人と自分の能力を比較して、一喜一憂したり、うらやましがってはならない」ということも教えてくれています。世の中を見渡すと、他人と自分を比較し、優劣に執着している人がけっこういるものです。しかし、「こういう点は自分のほうが優れている」「でも、こういう点は劣っている。彼（彼女）がうらやましい。悔しい」と一喜一憂をくり返している限り、その人は一生、快適な人生が送れないといっても過言ではありません。

考えてもみてください。相手と比較して優劣に執着するというのは、張り合うことにほかなりません。勝てば勝ったで負けないようにしなければならず、負ければ負けたで勝つことを考えねばならず、これではいつまでたっても心の安らぎや幸せは実感できません。

意味のない張り合い、人生に有害をもたらす競争心は、はなから抱かないことです。むしろそんなことで貴重なエネルギーを費やす暇があるならば、あなたならではの個性を生かす道を考えたほうがはるかに有意義なのです（その方法については後述します）。

それでも、他人と比較してしまい、コンプレックスにさいなまれるようでしたら、あなたならではの得意なもの、つまり「これだけは他人に絶対に負けない」「これだけはほかの誰よりも自信がある」という特技を身につけることをおすすめします。

「パソコンやワープロの操作にかけては、他人にひけをとらない」

「英会話や翻訳ができる」

「国家資格をもっている」

「速読術をマスターしているので、一冊の本を一時間以内で読むことができる」

など、仕事で活かせる特技や打ち込めるものが一つでもあれば、たとえほかのことで人に劣っていたとしてもコンプレックスが気にならなくなるからです。

いま現在、これといった特技や得意なものがないという人だって心配はいりません。そういう人は、自分の好きなことや熱中できそうなことをみつけだすことからはじめてください。どんな人にも、かならず一つや二つあるはずです。

「好きこそものの上手なれ」という格言がありますが、本当に好きなこと・熱中できることに精をだすことが「これだけは人に負けない」という特技を身につける第一歩となるのです。

弱点を嘆くより それを個性と受け入れる●ネズミとウシ

ネズミがエサを食《た》べていたら、ウシがバカにしてこういいました。

「このチビめ！　食《く》い意地《いじ》ばかり張《は》りおって。エサがあれば、ドブのなかでもゴミのなかでも平気《へいき》でとってくるんだからな。そんなに卑《いや》しいことをする奴《やつ》はオマエぐらいしかいない。すこしは恥《はじ》を知《し》れ」

怒《おこ》ったネズミは牛《うし》にガブリと嚙《か》みつき、素早《すばや》く小《ちい》さな壁《かべ》の穴《あな》に逃《に》げ込《こ》みました。ウシはその後《あと》を追《お》いかけましたが、間《ま》に合《あ》いません。そこで、壁《かべ》を何度《なんど》か叩《たた》きましたが、びくともしません。

やがて、ウシが疲《つか》れ果《は》てて眠《ねむ》ってしまうと、ネズミがでてきて、もう一度《いちど》ガブリと嚙《か》んで壁《かべ》の穴《あな》に逃《に》げ込《こ》みました。そして、噛《か》まれたショックと痛《いた》みで目《め》を覚《さ》ましたウシに向《む》かって、こういったのでした。
「大《おお》きくて力《ちから》のある者《もの》が、いつも優《すぐ》れているとは限《かぎ》らないんだ。ときには小《ちい》さくて卑《いや》しいことが武器《ぶき》になるものなのだ」

「弱点やハンディだと思っていたことが役立つこともあるので、悲観したり、自暴自棄《じぼうじき》になってはいけない。優秀な人がかならずしも成功するとは限らない」ということを、この話は教えてくれています。

よくいわれることですが、野口英世が少年時代に大やけどをしなければ、あれだけの業績は残せなかったでしょうし、松下幸之助に学歴があったら、後世に「経営の神様」として名を残すこともなかったかもしれません。

通算勝星一〇〇〇勝という前人未踏《ぜんじんみとう》の記録を打ち立てた横綱千代の富士（現・九重親方）も例外ではありません。彼に軽量で脱臼癖というハンディがなければ、横綱はおろか、大関にも昇進できなかったかもしれません。

彼らは、弱点やハンディを飛躍・発展のためのバネ、すなわち武器にしたのです。

千代の富士を例にとれば、脱臼癖を克服しようと、ウエイト・トレーニングを重ね、肩から腕にかけての筋肉を徹底的に強化。相撲内容も肩や腕に負担がかからないように四つ相撲から、前マワシを取って一気に寄ってでる速攻相撲へと転身したからこそ、まわりがびっくりするほど、強くなることができたのです。

先日、自らが身体に障害をもち、身体障害者用の器具を製造・販売して急成長を遂げた会社の社長のドキュメンタリーがテレビで放映されたことがありました。

「こういう器械があったら便利だな。自分が使って便利だ、助かると感じる商品は、同じ障害をもつ人にも、きっと受け入れられ役立つにちがいない」

というアイデアを商品化して、商売上の武器にしたというのです。これなども、自らのハンディをプラスに転化して成功した好例といえるでしょう。

逆にいえば、その社長が健常者だったら、そういう発想もできず、独自の商品も開発できなかったかもしれません。そうなると、今日の成功はありえなかったかもしれないのです。

だから、弱点やハンディだと思えることが自分にあっても、嘆き悲しむことはありません。それらを逆手にとれば、飛躍・発展に向けての大きな武器となるのです。

どの分野においてもいえることですが、最高の業績を挙げる人は、何らかのハンディや弱点を抱えていたり、ふつうの人よりもかなり悪い条件からスタートしていることを忘れてはいけません。

そして、もう一つ。どんなに自信に満ちあふれているようにみえる人でも、心のなかには何らかのハンディやコンプレックスを抱えている、ということも覚えておいてください。

羨望の心を捨てないと今の幸せも逃げる●肉をくわえたイヌ

　肉屋《にくや》さんがうっかり落《お》とした一切《ひとき》れの肉《にく》を、すかさず拾《ひろ》って口《くち》にくわえ、喜《よろこ》び勇《いさ》んで歩《ある》いているイヌがいました。

　イヌが橋《はし》を渡《わた》っていると、下《した》の川《かわ》のなかに何《なに》かいるので、のぞき込《こ》むと水《みず》のなかをイヌが歩《ある》いているではありませんか。しかも、ずいぶん大《おお》きな肉《にく》をくわえています。

「ボクの肉《にく》より大きくて美味《おい》しそうだ。あの肉《にく》も食《た》べてみたいな。よし、吠《ほ》えておどかして、あいつの肉《にく》をぶんどってやろう」

　こう思《おも》い、イヌは川《かわ》のなかのイヌに向《む》かって吠《ほ》えました。

　しかし、その途端《とたん》、肉《にく》は川《かわ》のなかに落《お》ちっ

こちてしまい、川《かわ》のなかのイヌの肉《にく》もなくなってしまいました。

そうです。川《かわ》のなかにいたイヌは、水《みず》に映《うつ》っていた自分《じぶん》の姿《すがた》だったのです。


あまりにも有名な話なので、知らない人はまずいないといっていいでしょう。

「他人をうらやんでばかりいると、いまの幸せさえも逃げていく」ということをこの話は解き明かしているわけですが、私たち現代人はこの教えをまじめに受け止める必要があります。

「隣の芝生は青くみえる」とはよくいったもので、まったく同じ境遇にあっても、他人のそれが良く思えたり、うらやましく感じる人がなんと多いことでしょう。

知人にKさんという人がいました。Kさんは友人のNさん夫婦をいつもうらやましがっており、私にこういってきたことがありました。

「Nさんの奥さんはキャリアウーマンで高収入だからリッチな生活ができてうらやましい。奥さんの給料日になると、毎回、奥さんのおごりでフランス料理を食べにいくらしい。ウチなんか女房にドケチ生活を強いられているし、たまの外食だって回転寿司がいいところですよ」

そこで、「Kさんがあなたのことをうらやましがっていましたよ」と、Nさんに伝えたところ、なんとこう返答するではありませんか。

「私がうらやましい？　冗談でしょう。それはこっちのセリフです。私からすればKさん夫婦がうらやましくてたまりません。だって、あの二人はいつも仲が良くて、彼はお風呂で背中まで流してもらってるんですからね。ウチなんか女房が忙しいから、家のなかは散らかり放題で、ボクが家事をしてるんです。いつもすれ違いで満足に会話もできないんですからね」

さて、この二人の言い分は、どちらも真実が語られていると思います。ただ、両者とも視点がちがっていること、無いものねだりをしていることが共通しています。他人の境遇はよくみえるという典型かもしれません。

ここでは夫婦関係を例にしましたが、同じことはあらゆることにいえるかもしれません。前にもいいましたが、「あの人は社長だからリッチな生活ができてうらやましい」などと考えるのは大間違いもいいところで、当人からすれば「サラリーマンでいるほうがどんなに気が楽か……」と思っているかもしれないのです。

「あの人は高級マンションに住めてうらやましい」と思っている人もしかり。これまた当人からすれば「毎月の住宅ローンでヒーヒーいってる。ローンの返済が終わるまで、あと三〇年……。こんな暮らしがつづくと思うと気が滅入る」と思っているかもしれないのです。

ところで、他人と境遇を比較しては、うらやんだり、嘆きつづけていたりすると、自分自身がみじめな気持ちになってしまいます。みじめな気持ちはマイナスの想念にほかならず、それが潜在意識にインプットされてしまうと、本当にみじめな現象しかあらわれなくなってしまいます。ですから、ここで述べた「隣の芝生は青くみえるもの」ということを肝に銘《めい》じて、他人と比較せず自分の境遇をすこしでもいい方向に解釈するように努めてください。

新しさばかり追い求めると心は潤わない●海幸山幸

山《やま》で狩《か》りを終《お》えた狩人《かりうど》が、獲物《えもの》を抱《かか》えて家《いえ》に帰《かえ》る途中《とちゅう》、漁師《りょうし》に出会《であ》いました。漁師《りょうし》もひと仕事《しごと》した後《あと》で、魚《さかな》をいっぱいもって家《いえ》に戻《もど》るところでした。

二人《ふたり》はお互《たが》いの持《も》ち物《もの》をみるやいなや欲《ほ》しくなり、交換《こうかん》することにしました。狩人《かりうど》は魚《さかな》を、漁師《りょうし》は肉《にく》を手《て》にしたのです。

「めったに食《た》べられない品《しな》を手《て》にすることができた。今日《きょう》はごちそうが食《た》べられるぞ」

二人《ふたり》とも、ふだん食《た》べられない貴重《きちょう》なモノを手《て》に入《い》れて大喜《おおよろこ》びです。

そして、毎日《まいにち》、その場所《ばしょ》で、お互《たが》いの収穫物《しゅうかくぶつ》を交換《こうかん》する約束《やくそく》をしました。

しかし、三週間《さんしゅうかん》もすると、二人《ふたり》はこう思《おも》うようになりました。

「最初《さいしょ》のうちは美味《おい》しくいただいたが、毎日《まいにち》となるとさすがに飽《あ》きてくる。やっぱり、前《まえ》の食事《しょくじ》のほうがいい」


「他人のもっているモノや、珍しいモノが欲しくなり手に入れたくなるのは人の常である。そして、それらを手に入れたときはとても嬉しく感じるが、実際、自分のモノになると、喜びや感動は次第に薄れてきてしまう」。この話はそれを解き明かしています。

最近、急増している買い物依存症などは、その典型といえるかもしれません。

自分がもっていないと、欲しくてたまらなくなり、借金をしてまでも買ってしまう。ところが、いざ手に入ると興奮や感動が薄れ、関心もなくなり、残ったのは借金だけ……。こういうパターンをくり返している人は、いつまでたっても心の充足感は得られないのです。

また、そこまでいかなくとも、たとえば新しい製品が発売されると、すぐに飛びつく人がいます。こういう人も、心が満ち足りた、快適な人生を送れないといっていいでしょう。

企業が売り物にする製品は、数か月もすればグレードアップしたり、新しい製品が登場するものです。だから、それを追い求めている限り、一時的に我欲を満たしたとしても、恒久的な満足感（快適さ）は得られないのです。

もっとも、いまの日本はモノや情報に満ちあふれ、「何が自分にとって必要か？　必要でないか？」という選択がしづらくなっているのが現状です。街を歩けば店のショーウィンドーがあり、雑誌をめくれば通信販売の広告が目につき、テレビをつければ視聴者（消費者）の購買意欲をたくみに誘うコマーシャルがあったり等々……。

そこで、モノを購入する場合、「モノというものは生活を豊かに楽しくするための手段であって、モノそのものが目的であってはならない」ということを踏まえたうえで、快適な生活を送るために必要なモノだけを上手に選ぶようにすることが大切なのです。

背伸びして生きると大切なものを失う●ウシの真似をしたカエル

ウシが川《かわ》に水《みず》を飲《の》みにきて、あやまって一匹《いっぴき》のカエルの子《こ》を踏《ふ》みつけてしまい、ペチャンコにしてしまいました。

あいにく母《はは》ガエルが留守《るす》だったので、ペチャンコになった子《こ》ガエルの兄弟《きょうだい》たちは、母《はは》ガエルが帰《かえ》ってくると、すぐにそのときの様子《ようす》を話《はな》しました。

「大《おお》きな動物《どうぶつ》がきて、あの子《こ》をペチャンコに踏《ふ》みつけてしまったんだよ」

子《こ》ガエルのいうことが曖昧《あいまい》だったため、母《はは》ガエルはお腹《なか》をふくらませてジェスチャーで聞《き》き直《なお》しました。

「大《おお》きい動物《どうぶつ》って、これくらい？」

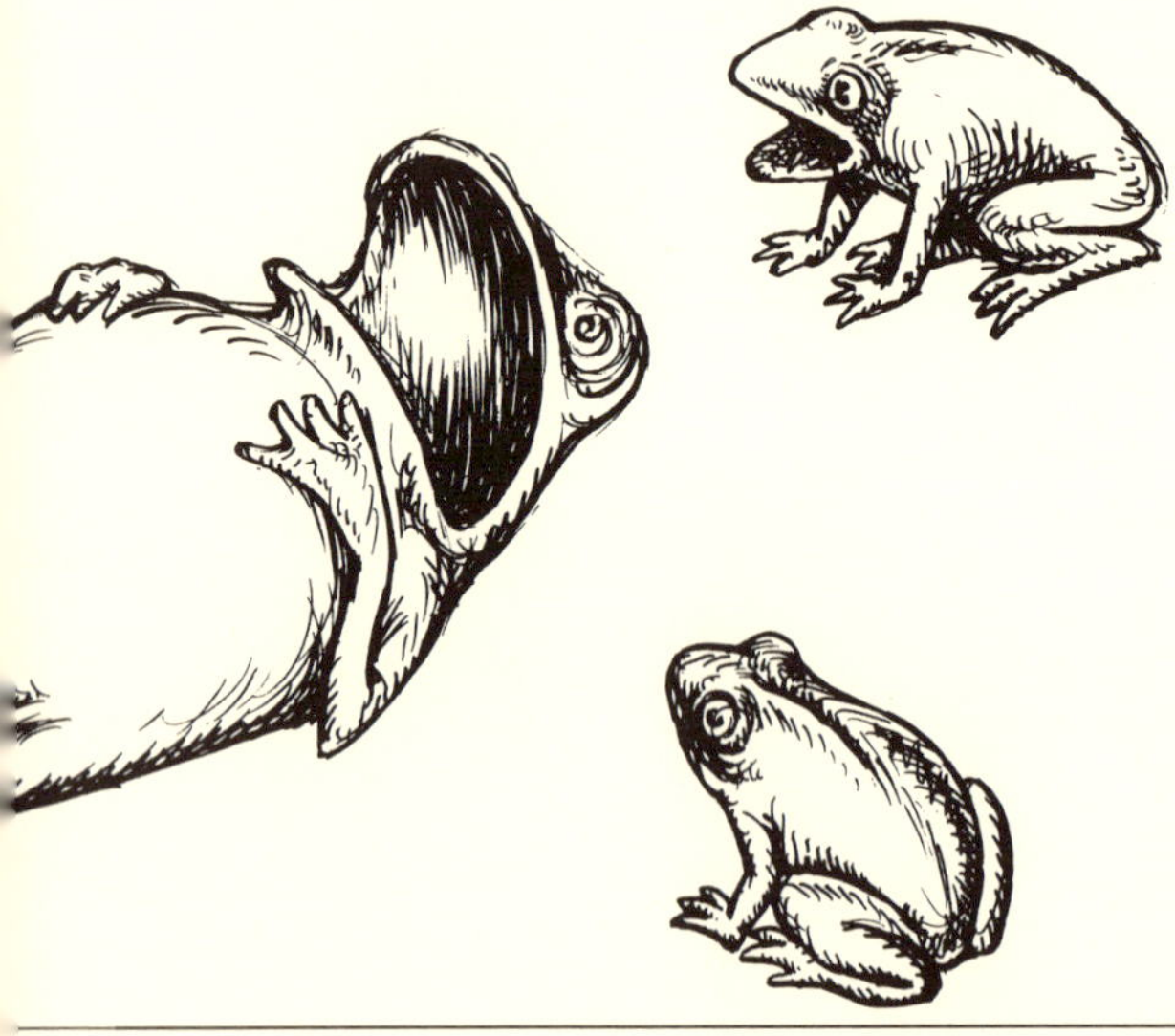

「そんなもんじゃない。もっと、もっと大《おお》きいよ」

「じゃあ、これくらい？」

「まだまだ、もっと、もっと大《おお》きいよ」

そこで母《はは》ガエルはたっぷり息《いき》を吸《す》い込《こ》んで、どんどんお腹《なか》をふくらませていきました。すると、母《はは》ガエルはブレーキが効《き》かなくなってしまい、お腹《なか》はますますふくれあがり、とうとう破裂《はれつ》してしまいました。

「必要以上に自分を大きくみせると、とんだしっぺ返しをくらうことになる」と教えてくれている話ですが、自分を大きくみせるということでは、愚《おろ》かな見栄《みえ》を張ったり、体裁《ていさい》ばかりを取り繕《つくろ》うのも同様に、不幸を招く原因であるといえます。また、この話は、「悪いときにそのような愚かな行為をすれば、最悪の事態になる」ということを教えてくれてもいます。

知人のHさんから聞いた話を紹介しましょう。Hさんの高校時代の同級生であるIさんの失敗談です。Iさんは数年前まで広告代理店でデザインの仕事をしていましたが、会社が業績不振に陥《おちい》ったため、リストラの憂き目に遭い、クビになってしまったことがありました。内心、かなり焦ったことはいうまでもありませんが、生来《せいらい》、見栄《みえ》っぱりの性格がそうさせたのでしょう。友人・知人には、「あんな小さな会社じゃ、実力が発揮できないし、青山や六本木あたりのデザイン事務所で、もっとクリエイティブな仕事がしたいから辞めたんだ」と強気でした。

しかし、実際は不況で雇ってくれる会社などなく、パチンコや競馬といったギャンブルに明け暮れる毎日を送っていました。そのことを、Iさんの同棲相手から聞かされたHさんはいたたまれなくなり、Iさんの再就職先のために奔走《ほんそう》し、あるデザイン事務所を紹介したわけですが、この一件が二人のあいだに溝をつくる原因となりました。というのも、こんな状態になりながらも、Iさんは見栄を張りつづけ、Hさんにこういってきたからです。

「悪いけど、このあいだ紹介してもらった会社、こちらから断らせてもらったよ。前の会社より小さくて、待遇が悪いし、とにかくダサイ仕事なんだ。場所も下町の古ぼけたビルなんで、ちょっとねえ……。どうせ紹介してくれるんだったら、青山とか六本木あたりのクリエイティブな雰囲気がするデザイン事務所にしてもらいたいなあ……」

当たり前の話ですが、Iさんのこのひとことで H さんはカンカンに怒ってしまい絶縁状を叩きつけたというわけです。ちなみに、その後、Iさんは同棲していた彼女からも見捨てられ、マンションを追いだされてしまい、いまではお金が底をついてホームレスのような生活を送っているとのことですが、決して他人事では済まされません。

Iさんといい、イソップ物語に登場するカエルといい、見栄を張る人の気持ちもわからないではありませんが、そればかりに固執《こしつ》していると、自分の本質、すなわち個性や天職というものを見失い、また、かけがえのないもの（この例の場合は命、恋人、友達）も失ってしまう恐れがあるからです。

逆にいえば、Ｉさんがそのことを自覚していれば、たとえ前の会社より小さくとも、待遇が悪かろうとも、そんなことはどうでもいい、という心境になれたはずなのです。

ですから、あなたも職業や会社を選ぶ際、絶対に見栄や体裁に惑わされないようにしてください。大切なのは、自己特有の才能が存分に生かせる仕事、そしてやり甲斐をもってまっとうできる仕事に就くことなのです。

結婚や恋愛、友人関係も同様です。背伸びをして無理なつきあいをしても疲れるだけ。あなたらしさを発揮できず、そうなればその関係は、長くつづかないことは目にみえています。

向き・不向きを知り自分に合った生き方をする●町のネズミと田舎のネズミ

町《まち》のネズミが用事《ようじ》があって、親戚《しんせき》の田舎《いなか》のネズミを訪《たず》ねて一泊《いっぱく》しました。

田舎《いなか》のネズミは土《つち》のなかに穴《あな》を掘《ほ》って暮《く》らしており、夕食《ゆうしょく》にだされたのはナマのニンジンです。そこで、町《まち》のネズミは田舎《いなか》のネズミに向《む》かって、こういいました。

「ここはたしかに空気《くうき》がきれいで、のんびりできるけど、退屈《たいくつ》な所《ところ》だね。食《た》べ物《もの》もボクの口《くち》には合《あ》わない。今度《こんど》、町《まち》へ遊《あそ》びにおいでよ。いろいろな体験《たいけん》ができて楽《たの》しいよ」

こういいながら、町《まち》のネズミは田舎《いなか》のネズミを連《つ》れて、一緒《いっしょ》に町《まち》に戻りました。臭《くさ》くて暗《くら》い下水道《げすいどう》を通《とお》って、やっと壁《かべ》の穴《あな》の巣《す》に到着《とうちゃく》です。そこは人間《にんげん》の家《いえ》の壁《かべ》の隙間《すきま》でした。そのため、町《まち》のネズミは穴《あな》から部屋《へや》をのぞき、誰《だれ》もいないのを確《たし》かめてから部屋《へや》のなかに入《はい》っていったのです。やがて、人間《にんげん》が台所《だいどころ》からでていくやいなや、町《まち》のネズミは田舎《いなか》のネズミに向《む》かって、こういいました。

「さあ、いまがチャンスだ。早《はや》くごちそうを食《た》べてしまおう」

町《まち》のネズミの言葉《ことば》にしたがって、田舎《いなか》のネズミも食事《しょくじ》をしました。チーズやハム、ローストビーフといった美味《おい》しいごちそうでいっぱいです。しかし、食《た》べようとした途端《とたん》、ネコがあらわれたので、あわてて穴《あな》に逃《に》げ込《こ》みました。そして、穴《あな》のなかで田舎《いなか》のネズミは町《まち》のネズミに向《む》かって、こういったのでした。

「ああ、びっくりした。一時《いちじ》はどうなることかと思《おも》った。まだ心臓《しんぞう》がドキドキしているよ。ここは、ごちそうはあるけれど、危険《きけん》もいっぱいだね。こんな所《ところ》には居《い》られない。もう、ボクは田舎《いなか》へ帰《かえ》るよ」

この話から、私は二つのメッセージを受け取りました。

一つは「人には向き・不向きというものがある。だから、仕事で成功を望むなら、自己特有の能力が存分に発揮できる天職に就くことが重要である」ということです。これについては次項で解説しましょう。

もう一つのメッセージは、「自分に合った生き方がいちばんいい」「自分に適したライフスタイルを確立することが、幸せで快適な生き方につながっていく」ということです。

実例を紹介しましょう。大手食品メーカーに勤めていたSさんは、定年退職をきっかけに東京から八ヶ岳に移住しました。若いころから夫婦していろいろな所を訪れ、自分たちに合う土地を探していたのですが、「第二の人生を送るには、この地がいちばんいい」と、肌で感じたからです。

Sさんの決断は大正解でした。転居するやいなや、持病のアトピー性皮膚炎が治ったり、夫婦仲が円満になるなど、うれしいことが次々と起こったからです。Sさん夫婦は暑さが苦手で寒いほうが調子がいい体質だったため、八ヶ岳の自然環境がぴったり合っていたというわけです。現在、二人は畑仕事を楽しんでいます。

もっとも、それとはまったく逆のケースもあります。Wさんの例です。Wさんは東京の医薬品メーカーに勤めていたのですが、仕事が行き詰まり、生活を変えようと、たまたま八ヶ岳にある知人の別荘を安く譲ってもらうことにしました。

自然のなかの暮らしは、たしかに以前のようなストレスを感じませんでしたが、問題は仕事でした。三〇代後半という働き盛りのWさんにとって、再就職先が決まらないというのは大問題だったのです。親子四人の生活は田舎暮らしといえどもお金がかかります。そこで、とりあえず現地にある小さな鉄工所に就職したのですが、給料が安いうえに、慣れない単純作業のくり返しであったため、仕事にたいする意欲が全然もてませんでした。

さらに、夏場は過ごしやすかったものの、冬になるとものすごく寒くなるため、外出もおっくうになりました。Wさんはとくに寒さに弱かったため、しょっちゅう風邪をひいては遠くの医者に駆け込むという日々を送っていたのです。

そして数年後、「どんなに自然環境が素晴らしくても、こんなに寒くて不便な場所には住めない。それに仕事だって全然やりがいがない」という結論に達し、けっきょくWさん一家は東京に舞い戻らざるをえなくなったのです。

最近、田舎暮らしが静かなブームを呼んでおりますが、Wさんのようにいっときの気持ちのたかぶりだけで決めるのは考えものです。Sさんのように、自分たちに適しているかどうかを身体とも相談したうえで、キチンと把握・認識したうえで行動することが大切なのです。

もちろん、このことは、仕事や結婚、趣味など、すべてに当てはまります。

「景気がいい業種を選びたい。安定した企業に入社したい」

「大卒のエリートと結婚したい。年収は一〇〇〇万円以上が条件」

「他人に自慢できる趣味をもちたい」

ではなく、

「自分の才能が存分に発揮できる仕事、情熱が燃やせる仕事に就く」

「一緒にいて安らぎを感じる異性と一緒になる」

「心から没頭できる趣味・無我夢中になれる趣味をもつ」

という心と体の平穏、つまり自身の本当の〝ホンネ〟にしたがうことです。これが、快適な生き方、すなわち幸せな人生につながっていくのです。

中途半端な気持ちでは何事も成功しない●カニとキツネ

海《うみ》のなかでの生活《せいかつ》に飽《あ》きてしまったカニが陸《りく》に上《あ》がり、浜辺《はまべ》で昼寝《ひるね》をしていました。

すると、そこへお腹《なか》を空《す》かせたキツネがやってきてカニを捕《つか》まえようとしました。

カニもそれに気《き》がついて逃《に》げようとしたのですが、海《うみ》のなかとちがってうまく進《すす》めません。

あっという間《ま》にキツネに捕《つか》まってしまいました。

その瞬間《しゅんかん》、カニはこう思《おも》ったのです。

「海《うみ》の者《もの》は海《うみ》に、陸《りく》の者《もの》は陸《りく》にという摂理《せつり》を忘《わす》れていい気《き》になってしまった。海《うみ》にいたなら、キツネに食《く》われるなんてことはなかっただろうに……」

いわんとする意味は、おわかりいただけると思います。いまのビジネスシーンに置き換えていえば「自分の仕事をないがしろにしたり、自分に不適格な仕事に就くと大いに後悔する。したがって、天職に気づき、それをまっとうすることが大切である」ということでしょう。

私の所にも仕事上の悩み、たとえば「営業成績がいっこうに伸びない」「集中力がなくミスばかりしている」「いまいち、やる気が起きない」といった問題を抱え、相談をもちかけてくる人がたまにいますが、そういう人たちを観察すると、かならずといっていいほど、ある共通点を発見することができます。

それは、半《なか》ば嫌々ながら仕事をしているということです。嫌々ながら仕事をするから、意欲がもてないし、やりがいも感じない。ミスもでる。そうなれば、創意工夫したり努力することに苦痛を感じる。創意工夫や努力を怠《おこた》るから、技術やノウハウがなかなか習得できない。したがって、いつまでたっても成果がでないというわけです。

仕事におもしろみを感じられないのは、どうしたわけでしょう？　条件や見栄、あるいはいっときの感情といったものに惑わされ、自分に不適格な職種に就いたため、自分の才能が発揮できないということが一つあげられます。

しかし、その人自身に問題があるとも考えられるのではないでしょうか。どんな仕事でも、中途半端な気持ちでやっていれば、おもしろみも感じず、達成感もえられません。そして、これではますます仕事がきらいになります。

そこで、仕事運をアップさせ、成功をおさめたいのであれば、まずはカニが最後に悟った「海の者は海に、陸の者は陸にという摂理」を教訓に、自分自身がもっとも快適な気持ちでこなせる仕事、好きで好きでたまらない仕事、いわゆる天職に就くことです。

あるいは、何もかも忘れてひたすら仕事に没頭してみることです。言い換えれば、仕事をおもしろがってみることです。

天職に就く、あるいは現職を天職と考えて、いまの仕事と格闘し、やり甲斐や、難しさ、おもしろさを実感する。こうした体験があなたに自己実現への道をグンと近づけてくれるといっていいでしょう。

そうすれば技術やノウハウの習得が早くなることはもちろん、困難やピンチに見舞われても、それを乗り越えていこうとする勇気と情熱が湧いてきます。

そして難関を一つ突破するたびに、仕事にたいして確固たる自信や信念がもてるようになります。その積み重ねが幸せな人生につながっていくのです。

よく、「仕事は人生の一部であってすべてではない」という人がいますが、この一部をおもしろがれず、まっとうできない人に、幸せは寄りつかないのではないでしょうか。

自分の立場をわきまえない人は道を誤る●ロバとセミ

夏《なつ》の昼下《ひるさ》がりに、木陰《こかげ》でロバが一休《ひとやす》みしていると、セミがミーンミーンと鳴《な》いていました。

それがとてもよくとおる元気《げんき》な声《こえ》だったので、ロバは聞《き》きほれ、

「いったい何《なに》を食《た》べたら、そんな素敵《すてき》な声《こえ》がだせるんだい？」

と、セミに尋《たず》ねました。すると、

「霞《かすみ》だよ」

と、セミが答《こた》えたので、それ以来《いらい》、ロバは霞《かすみ》ばかり食《た》べるようになりました。

しかし、ロバはセミではありません。霞《かすみ》ではお腹《なか》の足《た》しにもならず、よい声《こえ》がでる

どころか、ガリガリに痩《や》せてしまい、しばらくすると飢《う》えて死《し》んでしまいました。

いろいろな教訓を得られる話ですが、私は次のように解釈しました。「誰にでも自分に合ったポジションというものがあるので、それを頭に入れて行動することが重要である」と。

ちなみに、この場合のポジションとは地位や肩書き、役職のことを指すのではなく、自分にもっとも適した〝ライフワーク・スタイル〟のことを指します。

会社を辞めて脱サラする人が後を絶ちませんが、「身近に脱サラして成功をおさめた人がいるから、自分だって、その気になればできるかもしれない」「組織に縛られるより、一国一城《いっこくいちじょう》の主《あるじ》でいたい」という思いだけで、会社を辞めようとするのはとても危険です。

起こした事業が成功すれば、サラリーマン時代とは比較にならないほどの大金を手にすることができるのはたしかです。代表取締役社長という肩書きも魅力でしょう。しかし、サラリーマンとしては優秀で、飛び抜けた業績を打ち立てた人であろうとも、脱サラしてかならず成功するとは限らないのです。

脱サラする場合、「自分は大勢の人間を率《ひき》いて進む集団戦タイプか？　それとも一匹狼、つまりマイペースで進む個人戦タイプか？」を見極めることも大切です。これをはきちがえると、余計なことでエネルギーを浪費し、事業にも悪影響を及ぼしてしまうからです。

もちろん、該当するのは脱サラばかりではありません。

現役時代に優れた成績を残したプロ野球の選手が、いざ監督になると采配《さいはい》ミスを続出するなどして、能力が発揮できなくなってしまうこともその一つといえます。

企業のなかでも、営業や技術等のスペシャリストとして右にでるものがいないほど敏腕をふるっていた人が、管理職になり、人を統括する立場になった途端、トラブル・メーカーになってしまったという話をよく耳にします。

だから、天職に就くだけでなく、自分に適したポジションを的確につかみ、分相応ということを踏まえたうえでライフワークを確立させていくことが大切なのです。

そしてこれは、恋愛でも、結婚でも、友達づきあいでもいえることです。あなたには、あなたにあった、またあなたを必要としてくれる人がいるはずです。見栄や、一時的な誘惑に負け、人生を棒にふらないためにも、自分のポジションをみつめなおしてみることです。

子供のころからの人生を振り返ってみるのも一つの手です。自分がどのような体験をし、どのような人生を経《へ》て、いまのポジションにたどりついたのかを考えてみるのです。

また、家族における自分のポジション、会社での自分の役割、仕事と自分のつながり、仲間うちにおける自分の必要性など、他と自分の関係を明確にしておくことも〝自分がどこの何者であるか〟つまり自分のポジションを知ることにつながります。これも、道を踏みあやまらないための方法です。

人のことを非難する前に自分の襟を正せ●占い師

占《うらな》い師《し》が広場《ひろば》で人《ひと》に声《こえ》をかけては、その人《ひと》の身《み》の上《うえ》を占《うらな》っていました。もう大勢《おおぜい》の人《ひと》たちを占《うらな》っており、かなりのお金《かね》を稼《かせ》いでいたので、占《うらな》い師《し》のサイフはふくれていました。

すると、そこへ一人《ひとり》の男《おとこ》が走《はし》ってきて、占《うらな》い師《し》にこういいました。

「あんたの家《いえ》に泥棒《どろぼう》が入《はい》って、家《いえ》のなかのモノが全部盗《ぜんぶぬす》まれてしまったぞ」

それを聞《き》いた占《うらな》い師《し》は真《ま》っ青《さお》になり、慌《あわ》てふためきながら自宅《じたく》に戻《もど》りました。

その様子《ようす》をみていた通《とお》りがかりの人《ひと》はこうやじりました。

「何《なん》だ、あの占《うらな》い師《し》は……。『あなたの将来《しょうらい》をピタリと当てましょう』と人《ひと》を占《うらな》って、しこたまお金《かね》をふんだくってたくせに、自分《じぶん》のことはわからないのか」

この話の意味を論じる前に、Mさんの例を紹介しましょう。

Mさんは高校で世界史の教師をしているのですが、昔から超能力やUFOといったオカルト現象に人一倍強い関心を示し、たまに会えば、いつもその種の話題で花を咲かせていました。

その彼がいつぞや、友人にこういってきたことがありました。

「科学者のなかには超能力を真っ向から否定している人がいるが、テレビのトーク番組で彼らの言い分に耳を傾けていると見苦しさを感じるね。彼らは超能力の存在が正式に認められると、これまでの物理学の常識が根底からくつがえされてしまうので単に恐れているだけなんだ」

そのときは私も、「なるほど、そうかもしれない」と思いましたが、数か月後、Mさんにたいして、「自分のことを棚に上げて、そこまでいうか」といいたくなる出来事がありました。ある勉強会の帰りのことです。Mさんをはじめ数人の参加者と喫茶店で談笑した際、ムー大陸やアトランティス大陸の話が話題にのぼったのですが、彼は断固としてその存在を否定し、肯定派の人たちと大論争になってしまったのです。

もちろん、お互いに言い分があり、私個人は是非を論じることができませんでした。ただ、Mさんが「ムー大陸の存在が明らかにされたら、教師を辞めてやろうじゃないか」と興奮していったとき、私は彼にたいして、こう思ったものです。

「Mさんに超能力否定論者を非難する権利などない。彼だって同類だ。ムー大陸やアトランティス大陸の存在が実証されると、世界史すなわち文明のルーツが根本からくつがえされることを、内心恐れているのかもしれない。人のふりみて、わがふりを直すべきだ」

イソップ物語に登場する占い師だけでなく、Mさんの話まで引き合いにだしたのは、「他人のことはいくらでも非難できるが、自分のこととなると冷静に考えることができず、興奮したり慌てふためく場合が多い」ということをいいたいからです。実際、そういう人は傍《はた》からみても見苦しいばかりで、本人にとっても醜態《しゅうたい》をさらけだすことになります。ですから、他人を注意したり、非難する前に、自分の言動を律することが重要になってくるのです。

マイクロソフト社の総帥《そうすい》ビル・ゲイツは、

「自己管理がキチンとできない人間は、部下を管理する資格がない」

と語っていますが、正に名言といえます。「他人の欠点を指摘する前に自分の欠点を自覚し矯正する」「他人の行ないを批判する前に自分の行ないを正す」、そして「自分のことを棚にあげて相手を非難しない」ということが人づきあいの基本でもあり、自分自身の快適な生き方につながっていくと思うのです。

ちなみに、アメリカではこの種の問題を日本以上にシビアに受け止めており、極端に肥満体の人や喫煙者は、「そういう人間は部下をもつ資格がない。自己管理ができないくせに、どうして他者管理ができるのか」と徹底して責められていることを明記しておきます。

快楽を追い続けるなら身の破滅は覚悟せよ●ハエ

ある家《いえ》の物置《ものおき》のなかに保存《ほぞん》してあったハチミツのビンが倒《たお》れ、なかに入《はい》っていたハチミツがこぼれてしまいました。

その甘《あま》くて美味《おい》しそうな匂《にお》いを嗅《か》ぎつけたハエが飛《と》んできて、すぐに舐《な》めはじめました。

ハエは久《ひさ》しぶりのごちそうに夢中《むちゅう》になって舐《な》めていると、足《あし》がハチミツにくっついてしまいました。

それでもおいしさの魅力《みりょく》に負《ま》けて舐《な》めつづけていました。

すると、とうとう身体《からだ》まですっぽり浸《つ》かってしまいました。

そして溺《おぼ》れる間際《まぎわ》になって、ようやく、こう悟《さと》ったのです。

「甘《あま》くて美味《おい》しいモノにはワナがある。気《き》づいたときには、快楽《かいらく》の海《うみ》のなかから抜《ぬ》けだせなくなってしまう……」

この話は、じつに単純明快。「快楽を求めすぎると人生をダメにしてしまう」ということをあらわしています。

念のためにいうと、「快生」と「快楽」では意味がまったく異なります。「快生」とはこの章の扉でも記しましたが、快適に生きようとする姿勢、すなわち心身の具合が良好で、仕事や人間関係においても悩みや心配事がなく、いつも心が晴れ晴れとしている状態を指します。これにたいし「快楽」とは食欲や性欲、物欲といった欲望を満足させることによって湧き起こるいっときの満足感、充実感といった感情を指します。

もちろん、人間である以上、快楽を求めるのは当然のことともいえるわけですが、問題はその度合い、程度にあります。つまり、快楽を得ることで、よりいっそうの快適感が満喫できれば良いのですが、快楽ばかり追い求めすぎると、快適感が低下してしまうどころか、かえって心身に差し障《さわ》りが生じてしまうことになるのです。

その典型が飽食です。肉汁のしたたるステーキ、トロリと甘いケーキやアイスクリームなど脂肪分の多い美食を、毎日のようにお腹いっぱいにとりつづけたらどうなるか？　生活習慣病にかかるのは時間の問題で、なかには重度の糖尿病などにより、それらのごちそうが一生食べられなくなってしまうことだってあります。

つまり、快適に生きられるどころか、食べたいものも食べられず、一生不快な思いをしなければならなくなるのです。

お酒もしかり。「酒は百薬の長」といわれるように、たまに適量を飲むから血行も良くなり、食欲も増し、会話も弾み、コミュニケーションも図れるのです。しかし、これまた度を越せば、心地よさはどんどん遠のいていってしまいます。否、一歩間違えれば、トラブルや死活問題にまで進展しかねません。「飲みすぎのあまり体調を崩してしまった」「肝臓をこわしてしまった」「酔って大暴れした」「人格が変わって不祥事をしでかした」という話は、私が語るまでもないでしょう。

ショッピングとて例外ではありません。「ブランドショップで買い物をしたときの快感は、一度味わってしまうと病みつきになる」ともらす人がいるほど、心地の好《よ》いものであることはたしかです。またブランド品に限らず、ずっと欲しかったモノを手にしたときの喜び・感動というものは、物欲があまりない私にだってよく理解できます。誰しもエキサイティングな快感を味わうことでしょう。

しかし、これも度を越せば、ローン地獄〜自己破産という悲惨な結末を迎えることになるので、やはりほどほどがいちばんです。

もちろん、私は快楽を一〇〇％否定しているわけではありません。しかし、快楽のワナのなかにどっぷりと浸《つ》かることだけは避けてもらいたいのです。「ここまでならいいだろう」「でも、これ以上のめり込んだら自分がダメになる」といった自己判断と抑制力、つまり自己コントロール能力を身につけてもらいたいのです。

見方を変えていえば、そうした自己コントロール能力を身につけることが、たまに快楽を味わって、よりいっそうの快適感を満喫できる人生につながっていくのです。

貴重なお金と時間を無意味に浪費するな●ライオンとイノシシ

ある夏《なつ》の暑《あつ》い日《ひ》、ノドの渇《かわ》いたライオンとイノシシが泉《いずみ》に水《みず》を飲《の》みにやってきました。

でも、小《ちい》さな泉《いずみ》だったため、お互《たが》いに自分《じぶん》が先《さき》に飲《の》みたくてにらみ合《あ》いになりました。

そして、とうとう大喧嘩《おおげんか》がはじまり、もう水《みず》どころではなく、相手《あいて》が憎《にく》くなり、殺《ころ》し合《あ》いになる寸前《すんぜん》のところです。

ふと、二匹《にひき》が同時《どうじ》に岩場《いわば》をみると、ハゲワシが喧嘩《けんか》の様子《ようす》を眺《なが》めていて、負《ま》けて死《し》んだほうの肉《にく》を狙《ねら》って舌《した》なめずりをしているではありませんか。

「こんなことでハゲワシの餌食《えじき》になるなんてバカバカしい。譲《ゆず》り合《あ》って仲良《なかよ》く水《みず》を飲《の》めばいいんだ」

二匹《にひき》はやっとそのことに気《き》づき、仲直《なかなお》りしました。

説明は不要と思えますので、この話とは結末がまったくちがう例を、作家の檀一雄さんの言葉を交えながら紹介しましょう。

「京都を本舞台にするならば、本舞台に上がりそうな主演役者は信長のほかには武田信玄ということになる。こいつ（信玄）が主演役者に名乗り出たら始末が悪い。が、有難いことに、天はうまい配剤をしたもんだ。信玄坊主のそばには謙信坊主というおあつらえ向きの主演候補が控えている。この二人の坊主が川中島あたりで仲良くシーソーゲームをしていてくれたから、信長は主演役者の座を射止めることができたのだ」

つまり、戦国最強の大名である武田信玄と上杉謙信の二人が川中島で無益な戦《いくさ》を幾度となくくりひろげてくれたお陰で、信長はその隙を狙って京都に進出することができたといっているのです。

なるほど、私もこの意見に同感です。もしこの二人が、イソップ物語に登場するライオンとイノシシのように途中で和解していたら、信長といえども、そう易々と天下が狙えなかったかもしれません。そうなれば、信長の家来としてスタートを切った秀吉の天下もまずありえなかったといってよいでしょう。

私自身の言葉に置き換えていえば、ライオンとイノシシが喧嘩をして互いの身体を傷つけたり、武田信玄と上杉謙信が無益な合戦をくり返し、互いの兵力を消耗させたことを教訓に、「くだらないこと、無駄なことで、貴重な時間やお金を浪費してはならない」ということを強調したいわけなのです。

たとえばお金についていわせていただくと、私はよく成功を目指す人たちに、「不必要と思えることには、ケチになりなさい」というようにしています。ただし、誤解してもらっては困るのですが、「しみったれた人間になれ」とか「お金を出し惜しめ」といってるのではありません。こんな姿勢では、人はついてきません。

私がいうケチとは、人生に有益となる「生き金」はどんどん使うようにし、「死に金」はなるべく使わないようにするということなのです。

知人から聞いた話ですが、こんな人がいました。Aさんとしておきましょう。

某中華料理店で働くAさんは将来独立して、自分の店をもつことを生きがいとしていました。そんなある日、Aさんは競馬で大穴を当て、三〇万円も儲けることができました。よほどうれしかったのでしょう。その日の晩、居酒屋で大盤振舞いしたまではよかったのですが、二軒目にはカラオケバーに寄り、飲めや歌えやのドンチャン騒ぎ。挙句《あげく》の果てには、ぼったくりの風俗店に直行し、有り金すべてを巻き上げられてしまったというのです。

これなどは「死に金」の典型といえるでしょう。ちなみにAさんは三年たっても、五年たっても、「独立資金がいっこうにたまらない」と嘆いているそうですが、私にいわせれば自業自得もいいところで、すべて彼の人間性や考え方に問題があるような気がしてなりません。

もっとも、これとは逆のケースもあります。「一に節約、二に節約」を口癖に、次々と左前《ひだりまえ》の会社を再建した大山梅雄さんがそうです。大山さんは若いころ、大変、貧乏しており、銭湯のお金さえ節約したといいます。当時、銭湯は三銭でしたが、「一〇日いかなければ三〇銭、二〇日いかなければ六〇銭も貯めることができる」というわけで、月に一度ぐらいしかお風呂に入らず、そのお金を貯金にまわしたというのです。

この例はちょっと極端で、まねはできませんが、このようなケチケチ生活を送っても、彼の心はとても豊かでした。なぜなら、それは将来独立するための貯蓄、いわば生きがいを創造していくための節約だったからです。

大山さんと一〇〇%同じことをやりなさいとはいいませんが、こうした姿勢をあなたも大いに見習うべきでしょう。使わないで済むことにたいしては、なるべくお金を使わない。道理に合わないお金はビタ一文たりとも使わない。その分を貯蓄に当てる。その代わり、自分の生きがいや夢・願望の実現につながることならば、一切出し惜しみをしない。

このポリシーを貫くことが、あなたの人生において、真の意味での豊かさ・快適さを招き寄せることになるのです。

時間もしかり。毎晩のように外でお酒を飲み歩き、同僚と上司の悪口を言い合う時間があったら、もっともっと生きがいや夢・願望の実現につながることに充《あ》ててください。そうです。わずか数分という時間さえ有効に活用するのです。このように心がけていけば、その人の多忙状態は次第に緩和され、遠く思えた願望もグンと近づいてみえるようになるのです。

仕事の発展と成功だけが人生ではない●オオカミと太ったイヌ

　オオカミが野原《のはら》を歩《ある》いていると、丸々《まるまる》と太《ふと》ったイヌに出会《であ》いました。

　オオカミはイヌがうらやましくなり、どうしてそんなに栄養《えいよう》が行《ゆ》き届《とど》いているのかを尋《たず》ねました。

「ボクの飼《か》い主《ぬし》がたっぷりと食《た》べさせてくれるからさ」

「でも、首《くび》のまわりに毛《け》がなくて、肉《にく》まですり減《へ》ってしまっているのはどうして？」

　とオオカミが聞《き》くと、イヌが答《こた》えました。

「ふだんは鉄《てつ》の首輪《くびわ》を付《つ》けさせられているからさ。飼《か》い主《ぬし》が特別注文《とくべつちゅうもん》してつくらせた頑丈《がんじょう》で重《おも》たいやつなんだ」

それを聞《き》いたオオカミは、笑《わら》いながらこういいました。

「どんなに美味《おい》しいモノが食《た》べられたとしても、そんな不自由《ふじゆう》な生活《せいかつ》はボクには耐《た》えられないね」


このイヌを現代人に置き換えていうならば、次のように解釈できないでしょうか。

「たとえ安定した生活が保証されていても、がんじがらめで自分の気持ちを抑えて生きるより、自由で、好きなことができる人生のほうが意義がある」

何がいいたいかというと、「仕事だけが人生のすべてではない」ということです。私が論じるまでもなく、日本人は本当によく働いてきました。勤勉さという点では世界一という評価もあります。実際、一昔前の高度成長期のころはその勤勉さが報われ、働けば働くほど豊かな生活が送れました。昇進や昇給もある程度かなったからです。ですから、仕事そのものがある意味で生きがいともなりえました。

ところが、現在は情勢が大きく変わり、サラリーマンにとっては受難の時代に突入しました。リストラがはじまり、人員削減を目的とする社内いじめ、解雇は日常茶飯事。その影響でうつ病やノイローゼに陥った中高年層の自殺も急増しているのが実情です。

これでは人生を楽しむどころか、働けるだけ働かされ、重たい荷物を背負わされたまま死んでいった、かつての奴隷と変わりないではありませんか。

そこで、ビジネスの安定を図るという前提条件付きですが、いまの仕事以外のことに、人生の価値・生きがいといったものを見出してみるのも、一つの方法です。

前述したように明確な将来のビジョンや念入りなリサーチが必要なことはいうまでもありませんが、「それが自己実現や生きがいの創造につながる」「そうなれば、自分がもっとも快適に自然体に生きられる」というのであれば、そういう方向へ人生の軌道修正を図ることは重要なのではないでしょうか。

「仕事は仕事。あくまでお金を得るための一手段」と割り切り、趣味や余暇の拡充に生きがいを求めてみるのも手かもしれません。

大手商社に勤めるTさんは安定した高収入が約束され、傍《はた》からすれば、うらやましい限りの生活を送っていました。ところが、Tさん自身からすれば、茨《いばら》の道を歩くような日々を過ごしていたのです。彼は豪華な社宅に家族と共に暮らしていたのですが、お隣には直属の上司、上下階には同僚が住んでいたため、四六時中、気を使わねばならなかったからです。休日、家の中にいても落ち着けるはずもなく、とうとう心の病気にかかってしまったのです。

さらに、会社にいけば、そういった人間関係に加えて仕事のストレスも尋常《じんじょう》ではありませんでした。些細《ささい》なミスさえも許されない海外事業部に籍を置いていたからです。

そんなTさんでしたが、あることをきっかけに、公私共にいつもイキイキするようになりました。彼の友人が別荘のオーナーを紹介したところ、そのオーナーと親しくなり、いつしかその人の影響を受けて、長野県に土地を購入しました。毎週末は家族総出で現地に赴《おもむ》き、自らの手で別荘を建てるようになったからです。

素人がつくるため、完成までに三年もの歳月を費やしましたが、その出来栄えにTさんはもの凄《すご》く満足しました。いまでは毎週末になると、かならず別荘を訪れ、東京と長野をいったりきたりの〝二住生活〟をエンジョイしているといいます。

余暇を存分に楽しみ、ゆとりある時間をもち、いつも誰かに監視されているような不安や仕事上のこだわりなどといった自分を縛っているものから心身を解放させるからこそ、仕事にも身が入る、「もっともっと頑張ろう」という意欲も湧いてくるのです。Tさんは、その好例といえるでしょう。

いまのご時世、仕事の安定を図ることは、何にもまして重要なことですが、だからといって、それにばかり縛られていては、自分の本質を見失ってしまう恐れがあります。

だから、多忙に明け暮れる日々のなかにおいても、Tさんのように心がゆとりを取り戻せる時間や場所を確保し、自分を縛っているネガティブな感情を取り除くなどして、自分の本当の気持ち（感情）を自覚・尊重してあげることが大事なのです。

たった一度の人生です。そして自分の人生です。仕事に生きるにしろ、それ以外に喜びを見出すにしろ、その両方の充実を図るにしろ、また人の喜びを自分の力にするにしろ、自分の気のすむままに、思い切り生きてみようではありませんか。

イソップから学ぶ幸せのヒント⑤

あなたは夢や希望を捨てていませんか

いまの状態に満足することなく、常によりよい人生にするために積極的に取り組もうとする心構え。私はこれを上昇思考と呼んでいる。

古今東西、多くの成功者や賢者たちは、「すべては夢を描くことからはじまる」と語っている。夢や生きがいがあるからこそ、私たちはせちがらい世の中であっても、希望の灯りをともしつづけることができるのである。上昇思考は心身を前向きにし、生き生きとさせる。そのため、多くの人から好感をもたれ、チャンスにも恵まれるようになる。結果として、そういう人が幸せにならないわけはないのである。

自分の生きる道は自分で切り拓くしかない●王様を欲しがったカエル

森《もり》のなかの小《ちい》さな沼《ぬま》にカエルたちが暮《く》らしていました。カエルたちは、自分《じぶん》たちを治《おさ》めてくれるリーダーがいないことで悩《なや》んでいました。

そして、ある日《ひ》、神様《かみさま》に、「私《わたし》たちに王様《おうさま》を与《あた》えてください」とお願《ねが》いしたのです。すると、神様《かみさま》はカエルたちが暮《く》らしている沼《ぬま》に、木《き》の板《いた》を落《お》としました。

ポチャンと大《おお》きな音《おと》がしたので、カエルたちは驚《おどろ》いて沼《ぬま》の底《そこ》に隠《かく》れました。しばらくして、恐《おそ》る恐《おそ》る一匹《いっぴき》のカエルが水面《すいめん》に顔《かお》をだしてみると、そこには一片《いっぺん》の板《いた》が浮《う》かんでいるだけだったので、カエルは仲間《なかま》を

呼《よ》びました。すると、あっという間《ま》に板《いた》の上《うえ》はカエルでいっぱいになりました。

しかし、カエルたちからすれば、ただ浮《う》かんでいるだけで命令《めいれい》したり怒《おこ》ったりしない王様《おうさま》が気《き》に入《い》りません。品格《ひんかく》も威厳《いげん》もリーダーとしての力強《ちからづよ》さも感《かん》じられないからです。

そこでカエルたちは、もう一度《いちど》神様《かみさま》に、懇願《こんがん》しました。

「私《わたし》たちはもっと厳《きび》しい、そして力強《ちからづよ》い王《おう》様《さま》が欲《ほ》しいのです」

すると、神様《かみさま》は今度《こんど》は水《みず》ヘビをお遣《つか》わしになりました。

しかし、今度《こんど》の王様《おうさま》である水《みず》ヘビはあまりにも厳《きび》しすぎ、カエルたちを一匹《いっぴき》も残《のこ》らず食《た》べてしまったのです。

この話は、他人（会社）に依存ばかりしていると、いい結果は生まれない。自分自身の行《ゆ》く末、すなわち将来というものは、自分自身の手で切り拓いていくことが重要であるということを示唆《しさ》しているといえなくもありません。

考えてみれば、私たちは子供のころ、親から「一生懸命に勉強して、いい大学に入りなさい。そうすれば安定した一流企業に就職することができ、裕福な生活が送れるようになりますよ」と、いわれつづけ、ひたすらバラ色の生活を送らんがために頑張りつづけてきました。そこに幸福が凝縮されているものと信じ込んでいたのです。

でも、それは右肩上がりの豊かさのなかにいた日本人の錯覚にすぎませんでした。世の中に不況の嵐が吹きだしたいま、倒産やリストラは日常茶飯事、加えて終身雇用や年功序列制度も崩れ去り、組織のなかで安穏《あんのん》としてきた人たちにとっては、すがりついているのが精一杯というありさまになったからです。これからの時代、いくら条件の整った企業に入社できたとしても、会社に依存し、しがみついているだけでは、明日は決して保証されないのです。

誰かに頼ったり、会社や組織に頼ったりしているだけでは、満足した結果は得られない。これは、仕事でも、恋愛でも、すべてにいえることです。では、どうすればよいか？

結論から述べると、自分の夢、あるいは自己実現につながる生きがいに目覚める必要があります。何かに依存しようとするのではなく、夢・生きがいに己の人生を託すのです。もちろん「仕事を生きがい」にし、その仕事にのめり込んでみるのもいいでしょう。

これさえかなえば、世の中がいかに厳しくとも、前途が不透明のように思えようとも、あなたの人生は発展しないではいられなくなるのです。

若いときの苦労は確実に人を強くする●〝自由の道〟と〝奴隷の道〟

昔《むかし》、神様《かみさま》は人間《にんげん》に二《ふた》つの道《みち》を与《あた》えました。〝自由《じゆう》の道《みち》〟と〝奴隷《どれい》の道《みち》〟です。この二《ふた》つの道《みち》を設《もう》け、どちらをいくかは人間《にんげん》に選《えら》ばせたのです。

自由《じゆう》の道《みち》のほうは、岩《いわ》がゴツゴツしている山道《やまみち》で、水《みず》もなく、おまけにイバラのトゲが一《いち》面《めん》に生《は》えているため、危険《きけん》で前進《ぜんしん》するのがとても大変《たいへん》そうです。しかし、最後《さいご》には広《ひろ》い散歩《さんぽ》道《みち》になっていて、美味《おい》しそうな木《き》の実《み》がたくさんなり、清《きよ》らかな泉《いずみ》も湧《わ》いていてオアシスのようになっています。

もういっぽうの奴隷《どれい》の道《みち》は、はじめのうちは広《ひろ》く平坦《へいたん》で、花《はな》も咲《さ》き、木《き》の実《み》がなり、小川《おがわ》も流《なが》れ、快適《かいてき》に進《すす》むことができますが、最後《さいご》は崖《がけ》の細《ほそ》い道《みち》になっており、足《あし》をちょっと滑《すべ》らせたら谷底《たにそこ》に落《お》ちてしまう危険《きけん》な場所《ばしょ》を通過《つうか》しなければならないのです。

この話は「いまが平穏無事で楽しければそれでいい」という〝事なかれ主義〟あるいは〝刹《せつ》那《な》主義〟でいる人は、大きな壁にぶち当たったとき、それを乗り越えようとする術《すべ》を身につけていないため、人生に行き詰まりを感じて挫折してしまう。反対に、たとえいまが辛くとも、あるいは幾多の悪条件やハンディに見舞われようとも、夢や願望の実現、あるいは生きがいの創造に向けて一生懸命頑張る人は、体験を通じて困難に対処するためのノウハウや知恵を身につけるため、大きな壁にぶち当たってもそれを乗り越えることができ、最後には自分の夢を実現できるようになるということを意味しています。

実際、古今東西の成功者や偉人と称される人たちを見渡した場合、みな、この話にでてくる〝自由の道〟を選択しています。

つまり、生まれつき恵まれた人、あるいは好条件を備えた人など、ほとんどいないのです。いや、生まれ育った環境・家柄・学歴・身体的なハンディ等に目を向ければ、ふつうの人たちよりも、ずっと劣悪だったといっても言い過ぎではありません。誰もがよく知っている野口英世、松下幸之助、本田宗一郎といった人たちなどはその典型といえるでしょう。

彼らが成功をおさめることができた、いちばんの要因は、「このままの人生では終わらせないぞ。いつかかならず自己実現を果たしてみせる」という向上心、すなわち上昇思考を抱きつづけ、夢の実現や生きがいの創造に向けてひたすら邁進《まいしん》したからといえるでしょう。

夢や生きがいがあったからこそ、成功するための必要条件といわれている情熱や信念も強まり、逆境に耐え、打ち勝とうとする忍耐力も持続できたのです。

逆にいえば、彼らの条件が生まれつきよかったり、この話にでてくる奴隷の道を選んでいたとしたら、夢や生きがいを見出すこともできず無意味な人生を送っていたかもしれません。そうなれば、情熱や信念もみなぎらず、逆境やピンチに遭遇したとき、その壁を乗り越えていくことができなかったかもしれないのです。

それでも、自由の道へ進むべきか、奴隷の道へ進むべきか、あなたが迷っているとしたら、こう考えてみてはいかがでしょう。

「人生には波がつきものだ。いいときもあれば悪いときもある。好調なときもあれば不調なときもある。やることなすことがすべて円滑に順調にいくときもあれば、その逆の場合だってある。それならば、はじめから楽な道を歩もうなどと考えず、むしろ若いときは苦労して免疫力をつけておこう。そうすれば、その後の人生展開で強くなれる」

「それに失敗も若いときに、人生のなるべく早い時期に体験しておいたほうがいい。若いときの失敗は成功するための肥やしになるし、いくらでもやり直しがきく。人間の幅だって広がるだろう。しかし、ある程度、年がいってからの失敗は家族（妻子）にも多大な迷惑と心配をかけることにもなり、人生の致命的な傷になりかねない」

どのみち、人生はたった一度きりです。笑っても一生、泣いても一生……。それならば、自分の将来をはっきりと見定め、悔いのない道を選択しようではありませんか。

夢や希望をもたない人は幸せになれない●神とツボ

あるとき、神様《かみさま》はこの世《よ》に存在《そんざい》する善《ぜん》のすべてをかき集《あつ》め、ツボに入れ、フタをしました。そして、

「絶対《ぜったい》にフタをあけてはならぬぞ」

といいながら、ある男《おとこ》にそのツボをあずけました。

ところが、その男《おとこ》はツボのなかに何《なに》が入《はい》っているか知《し》りたくてたまらなくなり、すこしだけフタをあけてのぞき込《こ》みました。

すると、なかに入《はい》っていた善《ぜん》は、次《つぎ》から次《つぎ》へと、隙間《すきま》からでていってしまいました。あわてて男《おとこ》がフタをすると、かろうじて残《のこ》ったのが〝希望《きぼう》〟でした。

でも唯一《ゆいいつ》残《のこ》ったのが〝希望《きぼう》〟だったことは人々《ひとびと》にとって救《すく》いでした。でていった善《ぜん》がいつかは帰《かえ》ってくる、と人々《ひとびと》の心《こころ》の励《はげ》みになったからです。

この話を通して私が何をいいたいか、賢明な読者なら、もうおわかりいただけたと思います。イソップ物語とは表現こそちがえど、人生の意義は夢や願望を描くことにあるということです。なぜ夢を描くことがそれほどまでに重要なのか？

考えてみてください。夢も希望もない人生がどんなものか。きっと、家からでる気力も、人と話す元気も、食事さえ面倒になるでしょう。これでは、生きている意味はありません。

では、実際、夢を描くことが私たちにどんな力を与えてくれるのか。もっとも重要な点を、三つほど指摘しておきましょう。

一つは、なりたい自分やかなえたい願望を強く心に描きつづけていると（それが結果的にかなう、かなわないは別として）、プラスの想念を潜在意識にインプットしつづけることになるため、日常の言動がイキイキとしてくる点が指摘できます。

顔の表情、言葉づかい、態度、行動などがポジティブになるため、他人にも笑顔で朗《ほが》らかに明るく接することができるようになり、結果として誰からも好かれるようになります。したがって、周囲の援助や協力が得られ、人生が好転するというわけです。

二つめは、夢を描くことにより、イメージが明確となるため、それに一歩でも二歩でも近づこうと、積極的に行動（努力）できるようになる点が指摘できます。誰かに命令され、いやいや行動するのとはちがい、そこには向上心や探究心、創意工夫などが伴い、いいことずくめで邁進できるため、結果として大願成就・成功の可能性が高まるようになるのです。

三つめは、その夢が真剣であればあるほど、想念にもパワーが伴うようになり、そのパワーが自信と勇気を呼び起こし、ひいては情熱と信念まで強めてくれるようになる点が指摘できます。そうなれば潜在意識に強い働きかけをすることになります。したがって、自分でもびっくりするほどの力が発揮できるようになるのです。

ただし、やみくもに夢を描けばいいというものではありません。たとえば、「将来、脱サラを果たし、自分で会社を起こし、一代で大企業にしてみせる」「億万長者になったら、海外のリゾート地に豪華な別荘を建て、そこで悠々自適《ゆうゆうじてき》に暮らしたい」「Jリーグの選手になり、ワールドカップに出場したい」といったスケールの大きな夢を描く場合、心の底から本当にそうなりたいのか、努力して届く夢なのか、自分なりに吟味してみる必要があります。

「そうなればいいなあ……」と、漠然と思っているだけでは、想念にもパワーが伴わないため、潜在意識への働きかけも弱くなってしまいます。そうなると自信や勇気もみなぎらず、信念も揺らいでしまい、些細《ささい》なトラブルやアクシデントに遭遇するだけで、「自分には無理だ。やっぱり、やーめた」ということになってしまうのです。

自分の夢が何だかわからないという人、あるいは漠然とした夢しか描けないという人は、大上段に構えず、自分の天職や興味・関心事を踏まえて、すこしでも自分の生きがい、つまり自己実現につながる等身大の願望に焦点を定めてみてはいかがでしょう。夢は大きいにこしたことはないのですが、その気になって頑張れば達成できるくらいの等身大の願望に目を向けたほうが発奮できるし、ポジティブな気持ちになれるからです。

「希望さえ捨てなければ（もっていれば）、幸せがかならず戻ってくる」。これは神様が約束してくれている人生の真理だと信じてみてはいかがでしょう。

楽をしたツケから逃れることはできない●アリとキリギリス

太陽《たいよう》がカンカン照《て》りつけるある夏《なつ》の昼下《ひるさ》がり、アリが汗《あせ》をかきながら食料《しょくりょう》を運《はこ》んでいると、涼《すず》しい日陰《ひかげ》で歌《うた》ったり踊《おど》ったりして遊《あそ》んでいる一匹《いっぴき》のキリギリスと出会《であ》いました。お互《たが》い、視線《しせん》が合《あ》うやいなや、キリギリスはアリに向《む》かってこういいました。

「アリ君《くん》。こんな暑《あつ》い中《なか》、キミはどうしてそんなに一生懸命《いっしょうけんめい》になって働《はたら》くんだい？　すこしはボクのように、もっと楽《たの》しく毎日《まいにち》を過《す》ごしたらどうなんだい？」

「ボクは冬《ふゆ》に備《そな》えて、いまから食《た》べ物《もの》を蓄《たくわ》えているんだ。キリギリス君《くん》も遊《あそ》んでばかりいないで、すこしは冬《ふゆ》の準備《じゅんび》をしておいたほうがいいよ」

「冬《ふゆ》だって？　まだまだ先《さき》の話《はなし》じゃないか。それに食《た》べ物《もの》だってこんなにたくさんある。あくせく働《はたら》いているばかりなんて、愚《おろ》かとしか言《い》い様《よう》がないよ」

こういいながら、キリギリスは黙々《もくもく》と働《はたら》くアリをバカにして笑《わら》ったのです。

やがて、夏《なつ》が過《す》ぎ、秋《あき》が過《す》ぎ、冬《ふゆ》がやってきました。アリが忠告《ちゅうこく》したとおり、キリギリスは途端《とたん》に食《た》べる物《もの》がなくなってしまい、寒《さむ》さと空腹《くうふく》で路頭《ろとう》に迷《まよ》ってしまいました。そして、食《た》べ物《もの》を分《わ》けてもらおうと、アリのところへいきました。

すると、アリはこういいました。

「キリギリス君《くん》、キミは夏《なつ》のあいだ、ずっと遊《あそ》び惚《ほう》けて、ボクが一生懸命《いっしょうけんめい》働《はたら》いているのをバカにして笑《わら》っていたんだよ。ボクの忠告《ちゅうこく》が、いまになってやっとわかったのかい？」


イソップ物語のなかで、もっとも有名なこの話を知らない人はまずいないでしょう。

夏のあいだ、浮かれに浮かれ、遊び惚けていたキリギリスは、バブルに浮かれ傍若無人《ぼうじゃくぶじん》な振る舞いをしていた一部の日本人を、そのまま象徴しているといっても過言ではありません。ゴルフの会員権を買いあさり、土地を転がし、リゾート開発を大義名分にして環境を目茶苦茶に破壊し、夜は夜で接待を名目に高級クラブでドンチャン騒ぎ……。「おごれる者は久しからず。ただ春の夜の夢のごとし」(平家物語)とは、昔の人も本当によくいったものです。

あの浮かれ放題のご時世から一変し、いまの日本は真冬の時代といえます。相も変わらず不況風が吹きつづけ、企業の倒産・失業者の数は過去最高を更新中。終身雇用や年功序列の制度が完全に崩れ去ったなかで、かつてのキリギリスたちがもがき苦しんでいるのが現状です。

そこで、二度と同じあやまちをくり返さないためにも、私たちはこの物語にでてくるアリに注目する必要があります。しかし、私はなにも「汗水垂らして働きつづけよ」とか「無駄遣いしないで、お金をコツコツと貯めなさい」といっているわけではありません。

もちろん、それらも大切でしょうが、私が強調したいのは「現状に甘んじて、いまを楽しく遊び暮らすという考えから抜けだし、いざというときのために自己を磨いておく必要がある」ということです。

具体的にいうと、いつ、どこで、どうなってもいいように、お金を貯めておく、本などを読む、積極的に人と会ってさまざまな生き方にふれる。また、仕事をするうえでは、手に職をつけたり、資格を取得したり、実務に役立つ専門知識や特技などをマスターしておくことも大切です。もちろん、人づきあいを大切にし、これまでの人脈を強化しておくことも重要です。

こうした準備をしておけば、たとえ厳しい時代に直面したとしても、きっと切り抜けられるはずです。いや、むしろ「ピンチこそチャンス」というように、あなたのビジネスの発展・成功の土台が築けるかもしれません。

その意味で、キリギリスのような、「いまが楽しければ、それでいいんだ」「笑ってお気楽に暮らそう」という考えもいいのですが、ずっとそれではいけません。たとえ、いま、芽がでなくとも、コツコツと自分を磨きつづけておくのです。そうすれば、いつかそれが、あなたの夢・願望の実現や生きがいの創造を担《にな》う大きな武器になるかもしれません。

それが可能になったとき、あなたは真夏に浮かれていたキリギリスとは比較にならないくらいの幸福感を満喫することができるのです。

世の中の流れを見て生きる勉強を怠るな●子牛と老牛

あるところに野原《のはら》に放《はな》し飼《が》いにされて、のんびりと暮《く》らしている子牛《こうし》がいました。

その近《ちか》くでは、汗《あせ》と土《つち》まみれになりながら畑《はたけ》を耕《たがや》している老牛《ろうぎゅう》がいます。

子牛《こうし》は、畑《はたけ》で働《はたら》かされている老牛《ろうぎゅう》の大変《たいへん》

な様子《ようす》をみるたびに、自分《じぶん》がのんびりとした境遇《きょうぐう》で生活《せいかつ》できてよかったと思《おも》っていました。

ところが、秋《あき》の村祭《むらまつ》りの日《ひ》、ずっと辛《つら》い仕事《しごと》に耐《た》えてきた老牛《ろうぎゅう》が、縄《なわ》を解《と》かれて自《じ》由《ゆう》の身《み》になれたのです。

いっぽう、のんびりと暮《く》らしてきた子牛《こうし》は祭《まつ》りの生《い》けにえになるため連《つ》れていかれました。この様子《ようす》をみた老牛《ろうぎゅう》は、心《こころ》のなかでこう思《おも》いました。

「子牛《こうし》が仕事《しごと》もさせられず大事《だいじ》に育《そだ》てられたのは、生《い》けにえとして神《かみ》に捧《ささ》げられるためだったからだ。逆《ぎゃく》に自分《じぶん》はずっと働《はたら》かされ、大変《たいへん》な思《おも》いをしたが、ついに解放《かいほう》されて自由《じゆう》の身《み》になることができた。本当《ほんとう》にありがたいことだ」

この物語も前項で紹介した「アリとキリギリス」の話に似ており、「汗水たらしてコツコツ働く者は生活を守ることができるが、安穏としている者はいつかひどいしっぺ返しを食らうことになるから注意が必要だ」と解釈できなくもありません。しかし、それとは別に、私はもう一つの教訓が得られるものと考えています。

それは、激動の時代を生き抜いていくためには、先見の明を養い、時代の変化や情勢の変化、周囲の動向等々に敏感になり、適応能力を身につけておく必要があるということです。この物語に登場する子牛でいえば、老牛と比較して自分の境遇に満足するのではなく、もっと先のこと、すなわち自分の行く末を案じるべきだったのです。そうすれば、生けにえにされる危険が察知でき、事前に対処策（逃亡）を講じることができたかもしれないからです。

私の知り合いにWさんという方がいます。彼は五〇歳を過ぎたいまなお、ファッション雑誌のグラビア頁のデザイン・レイアウトを毎号担当する、やり手のグラフィック・デザイナーとしてフリーで活躍していますが、その要因はいち早くマッキントッシュ（デザイン能力に優れたパソコン）を仕事に取り入れたことにありました。

彼は三〇代後半のとき、アメリカにいる友人を訪れた際、パソコンを自在に操りながら画面上でデザインをしている姿を目の当たりにし、これからはデザインもパソコンで行なう時代になるであろうことを痛感し、帰国後、本業の傍《かたわ》ら、マッキントッシュを使いこなせるよう真剣に取り組むようになりました。

しかし、いまとちがって、当時の日本では、あまりパソコンの重要性が叫ばれておらず、マッキントッシュのテキストもほとんど出版されていないのが実情でした。しかし、彼は途中であきらめず、アメリカの友人からもらった英文のテキストを日本語に訳しながら操作方法を覚えていくという、気の遠くなる作業を延々とくり返したのです。

でも、その甲斐あって、数年後にはマッキントッシュを自由自在に操れるようになり、手作業で半日かかってしまう仕事をわずか一時間足らずで終わらせることができるようになりました。そのため、より多くの仕事がハイ・クオリティで合理的にこなせるようになり、それが彼の人生の発展につながっていったのです。もし、Wさんが現状に甘んじつづけ、「パソコンなんか操れなくても仕事は成り立つし、いまの調子なら食いっぱぐれる心配もない」と怠惰《たいだ》に考えていたら、彼の人生は正反対の方向に傾いていたかもしれません。仕事の受注が大幅に減り、食べていくのがやっとという生活になっていたかもしれないのです。

時代の趨勢《すうせい》も栄華も、ましてや人の気持ちも、一か所にとどまっていないことは、これまでの歴史が証明しています。

あなたとて例外ではありません。たとえ、いまの境遇がよくても、それが永久につづくとは限りません。世の中の流れを見通し、倒産・リストラといったトラブルやアクシデントに見舞われても、ダメージを受けることなく、瞬時に立ち直れる態勢を整えておけるよう、自分という人間を磨いておくことが大切なのです。

本当にそれが必要か慎重に考える●ノドが渇いたハト

ある夏《なつ》の暑《あつ》い日《ひ》、空《そら》をずっと飛《と》びつづけ、ノドが渇《かわ》いたハトが、大《おお》きな壁《かべ》に噴水《ふんすい》の絵《え》が描《えが》いてあるのをみて、本物《ほんもの》だと勘違《かんちが》いしてしまいました。

「ちょうど良《よ》かった。あの噴水《ふんすい》の水《みず》を飲《の》んでノドを潤《うるお》そう」

そう思《おも》ったハトは噴水《ふんすい》めがけて、まっしぐらに飛《と》び込《こ》んでいきました。

しかし、本当《ほんとう》は壁面《へきめん》に描《えが》かれたただの絵《え》です。

そのため、早合点《はやがてん》し、猛《もう》スピードで飛《と》んでいったハトは壁《かべ》にぶつかり、地面《じめん》に落《お》ちて人間《にんげん》につかまってしまいました。

この話もいろいろに解釈できますが、一つの見方として、願望を達成しようとする場合、「この仕事は儲かりそうだ」「あの仕事なら贅沢な暮らしができる」と安易に考え、やみくもに行動してはならない。その願望をかなえることにより、人生にどういうメリットが生じるか、あるいはリスクはないか、どういう意義があるかなどを冷静に分析・判断し、キチンとした計画を立てて、行動に移すことが大切であるという解釈もできます。

たとえば、仕事において見栄や体裁にとらわれて職種を選ぼうと考えている人は、この点をとくに注意しなくてはなりません。

私は「出版研究会」という勉強会を主宰している関係上、ライターを望む人、俗にいうマスコミ予備軍の若者たちとも交流がありますが、ときたま、彼らにたいして、「この世界(出版業界)は、あなたたちが考えているほど楽なものではありませんよ」と、苦言を呈することがあります。

ライターにせよ、デザイナーにせよ、基本的にはとても地味な仕事で、才能やセンスだけでなく、相当な忍耐力、それに体力だって要求されます。ましてや、フリーのライターとして自立してやっていける人などすくなく、途中で挫折してしまう人が多いのが現状だからです。

そこで、「この職種に就きたい」と強い希望を抱いてる人は、「どういう理由・目的で、その職種に就きたいのか?」「その職種に就くことが、生きがいにつながっていくのか?」、その逆に、選んで後悔しないか、などを明確に吟味してみる必要があります。そうしてこそ、はじめてビジネス発展の礎《いしずえ》を築くことができるようになるのです。

また、自分の願望を明らかにし、吟味することが大切なのは、進学や就職、結婚といった人生設計だけとは限りません。「これが欲しい」「あれを手に入れたい」といった物欲にも関係してきます。

私の知人がこんなボヤキをしていました。その知人は、デパートの家具売り場で洒落《しゃれ》たデザインのダイニングテーブルをみて、どうしても欲しくなってしまい、一五万円という大金をはたいて、カードで衝動買いした人がいました。しかし、知人は後になって大いに後悔したといいます。いざ、そのテーブルを自宅のマンションの居間に置いてみると、スペースがギリギリで、部屋が狭くなり、不便になってしまったからです。おまけに部屋の雰囲気にも合わず、快適になるどころか、たいそう不愉快な思いをしたといいます。

また、別の知人にこんな人がいました。その人はパソコン初心者で、ある日、テレビのCMをみて、最新式のノート・パソコンが欲しくなり、これまた三〇万円という大金をはたいて衝動買いしたのですが、一週間もたたないうちに、後悔の念にかられたというのです。いざ、使おうとしたものの、そのパソコンは上級者向けの高度で複雑な機種であったため、マニュアルを読んでも、使用法がちんぷんかんぷんでまったくわからなかったからです。けっきょく、毎月のローンの返済がのしかかってくるばかりで、いまは押し入れのなかに入れたままの状態だといいます。

これらの話にもあるように、モノを欲する場合においても「それを手にすることが本当に必要なのか」「この品物でいいのか」をじっくりと、冷静になって考えてみる必要があります。

それをないがしろにして、「周囲の人がもっているから自分も欲しい」「これを購入すれば周囲に自慢できる」というような考えでいると、仮に物欲を満たすことに成功しても、長い目でみれば〝死に金〟と〝無駄なエネルギー〟を費やすことになるのです。

信念が伴わない夢はその人を不幸にする●イヌの家

ある冬《ふゆ》の日《ひ》、イヌが体《からだ》を丸《まる》め、ちぢこまって寒《さむ》さに耐《た》えていました。そこでイヌは、「こう寒《さむ》くてはたまらない。北風《きたかぜ》や雪《ゆき》を防《ふせ》ぐために、自分《じぶん》で家《いえ》をつくろう」と考《かんが》えました。しかし、家《いえ》をつくるには、設計図《せっけいず》を作成《さくせい》したり、材料《ざいりょう》を集《あつ》めなければならず、大変《たいへん》な苦労《くろう》なので、延《の》ばし延《の》ばしにしながら寒《さむ》さに耐《た》え忍《しの》んでいました。そのうち、春《はる》が訪《おとず》れ、ポカポカした陽気《ようき》になると、イヌは昼寝《ひるね》をしながら、「外《そと》はだいぶ暖《あたた》かくなった。いや、かえって暑《あつ》いくらいだ。もう家《いえ》なんか必要《ひつよう》ないな。やっぱり家《いえ》づくりなんて、大変《たいへん》すぎるよ」と、考《かんが》え方《かた》をガラリと変《か》えてしまったのです。

知人から聞いた話ですが、こんな人がいました。彼は某市役所の広報課に勤める公務員でしたが、ネコも杓子《しゃくし》も浮かれていたバブル絶頂期、脱サラ・独立を果たして成功し、日夜豪遊している友人をみて、とてもうらやましく思いました。

そして「彼にできて、自分にできないわけがない」と、家族の猛反対を押し切って市役所を退職、健康食品の店をオープンさせたのですが、それが運命の分かれ目となりました。経営が順調にいったのは、ほんの一時で、バブル崩壊後、金策で四苦八苦するようになったのです。けっきょくは多額の借金を抱え、店の権利も他人に譲り渡し、いまは行方知れずといいます。

さて、イソップ物語やこの例を通して、私がいいたいのは「信念や強い欲求が伴わない願望は設定しても意味がない。かえって逆効果になってしまう」ということです。

現状に不満を抱き「こうなりたい」とは、誰もが思うことです。〝考える〟だけなら簡単で、誰でもできることです。また「将来、こうしたい」「いつか、ああなりたい」と願うのも簡単なことです。たしかに、なりたい自分をイメージしながら、努力をしていけば、それなりの成果もだせるでしょう。

しかし、問題は、逆境やピンチに見舞われたとき、どう対処するかです。すなわち、「これはひどいピンチだ。もうダメだ」「やっぱり、自分には無理なのかもしれない」と考えるか、「このピンチを絶対に克服し、乗り越えてみせる」「何が何でも初志貫徹してみせる」と考えるかで、その後の人生展開は一八〇度異なってくるのです。

そのためには、「その願望をかなえることが、自分の人生にとってどれほど重要なことなのか？」を十分吟味してみる必要があります。そして、いまいち積極的になれない理由やマイナス要素が大きく頭をもたげてくるようなら、はなからそれを求めないことも、幸福な人生を送るためには重要なことなのです。

大きな夢を叶えるには
まずは身の丈のものから●ライオンを見たキツネ

ある森《もり》にライオンをまだ一度《いちど》もみたことのない若《わか》いキツネが住《す》んでいました。

そのキツネがウサギを追《お》いかけて、原《はら》っぱまでいったとき、遥《はる》かかなたにライオンがノシノシと歩《ある》いている姿《すがた》を、はじめて目《め》にしました。

離《はな》れた場所《ばしょ》とはいえ、キツネはライオンのどう猛《もう》さに、死《し》にそうなくらいおびえ、その場《ば》から一目散《いちもくさん》に逃《に》げだしたのです。

それから間《ま》もなくして、キツネはふたたびライオンにでくわしました。

でも、最初《さいしょ》のときほど怖《こわ》くはなかったので、岩《いわ》の後《うし》ろから、ライオンの様子《ようす》をみる

ことができました。
そして、三度目《さんどめ》にライオンにでくわしたとき、キツネはライオンに近《ちか》づいて話《はな》しかけるほど、恐怖《きょうふ》が薄《うす》らいでいたのです。

この話は、「はじめのうちは自分には大それたことで、無理だと思うようなことでも、場数《ばかず》（経験）を踏んでいけば、想像以上のことができるようになる。だから、はじめから無理だと思わないで、前向きに進もうとする姿勢が大切である」ということを意味しているわけですが、願望の立て方にも同じことがいえるかもしれません。

つまり、いきなり大きな願望をかなえようとするのではなく、ちょっと頑張れば達成できそうな、等身大の願望からチャレンジしてみるのです。「今度の夏休みはサイパンへ旅行にいきたい」「三か月以内に五万円貯め、電子手帳を買いたい」「来月の営業会議で自分のプランを通したい」など、たとえ小さな願望であっても、それを達成すれば、ささやかながらも充実感や満足感、幸福感が満喫でき、それが次のステップに向けての自信や信念の強化、ひいては上昇思考のアップにもつながっていくからです。

そこで、まず、紙とペンを用意し、あなたなりにちょっと頑張れば実現しそうな願望を、ジャンル別に次のような要領で書き込み、それを自室の壁に貼るなどして、日々、強く、「かならずそうなってみせる」と、くり返して思い願ってみてください。

・仕事に関する願望――①来月中にA社との商談をまとめる。
②三か月以内に営業ノルマを達成する。
③半年以内にB社と億の商談を成立させる。
・能力に関する願望――①来月、何が何でも、英検二級を取得する。
②半年以内にパソコンの操作を完璧にマスターする。
③来年中に国家資格を取得する。
・モノに関する願望――①三か月以内にデジタル・カメラを購入する。
②半年以内に最新のノートパソコンを購入する。
③来年中に新車を購入する。
・趣味に関する願望――①今月中に電子メールの操作を覚えて彼女と文通する。
②半年以内にダイビングのライセンスを取得する。
③来年中にヨーロッパへ旅行にいく。

ただし、等身大だからといって、やみくもに願望を設定すればいいというものではありません。本心から望んでいなかったり、強い欲求が伴っていなかったりすると、厳しい現実を目《ま》の当《あ》たりにしたり、ピンチや逆境に遭遇するたび、「やっぱり、自分には無理だ」といって、あきらめてしまう可能性がでてくるからです。ですから、何度もいうように、「願望をかなえることが、自分の生きがいや自己実現につながっていくのか」ということを吟味するように心がけてください。

なお、できることなら、「半年以内」とか「来年中」というように達成期限を設けるとよいでしょう。そのほうが意気込みも強くなり、発奮《はっぷん》せざるをえなくなります。そして何よりも、潜在意識に刻み込まれる想念の度合いも強まってくるからです。

困難から逃げるといつまでもその先へ進めない●塩を運ぶロバ

ロバが塩《しお》をたくさん背負《せお》わされて山道《やまみち》を歩《ある》いていました。ところが、川《かわ》にさしかかり渡《わた》ろうとしたとき、バランスを崩《くず》して転《ころ》んでしまい、ロバの背《せ》に載《の》せられていた塩《しお》が、川《かわ》に落《お》ちてしまい、みるみる溶《と》けだしてしまいました。

でも、そのお陰《かげ》で背中《せなか》がだいぶ軽《かる》くなり、ロバは楽々《らくらく》と山道《やまみち》を進《すす》むことができました。

数日後《すうじつご》、ロバは海綿《かいめん》をたくさん背負《せお》わされて同《おな》じ山道《やまみち》を歩《ある》くことになりました。そして、川《かわ》を渡《わた》ろうとしたとき、今度《こんど》はわざと転《ころ》びました。数日前《すうじつまえ》の件《けん》で味《あじ》をしめ、荷物《にもつ》を軽《かる》くしようと考《かんが》えたからです。

しかし、そのあさはかな考《かんが》えがロバの運《うん》の尽《つ》きでした。今度《こんど》の荷物《にもつ》は、スポンジのように水《みず》を吸《す》い込《こ》む性質《せいしつ》の海綿《かいめん》です。
けっきょく、川《かわ》の水《みず》をたくさん吸《す》い込《こ》んだ海綿《かいめん》の重《おも》さのため、ロバは起《お》き上《あ》がれなくなり、溺《おぼ》れ死《し》んでしまったのです。

くどくど解説するまでもありません。この話は、「楽をしようと手を抜いたり、ずるがしこいことを考えると、苦労や困難は倍になって跳ね返り、後になって、もっと大変な思いをすることになる。だから、いまは大変そうに思えても、それに耐え、地道にコツコツと努力することが大切である」ということを教えてくれています。

また、自分の策に溺れると失敗する、ということもうったえています。

なるほど、人生において苦労や困難はつきものです。いや、避けては通れないといっても過言ではありません。そこで、夢の実現や生きがいの創造を目指す過程において、苦労や困難に直面したら、逃げることばかり考えず、それらを「試練」と解釈してみてはいかがでしょう。人生をよりよく生きるための修業であると考えるのです。

知人のOさんの例を紹介しましょう。

Oさんは大学卒業後、某大手食品メーカーに入社。以来、営業畑一筋で頑張ってきましたが、三〇歳のとき、人事異動の通達をだされ、広報部に配属となりました。しかし、Oさんにとって、それは困難のはじまりでもありました。毎月一回発行する社内報の作成に加え、カタログの制作管理も行なわなければならず、編集や印刷の知識がまるでなかったOさんはてんてこ舞いの状態になってしまったからです。

ふつうの人なら、「不慣れな部署はゴメンだ」といわんばかりに人事に異動願いをだすか、それが叶《かな》わないなら転職を考えるかもしれません。

しかし、Oさんはちがいました。「たしかにいまはてんてこ舞いの状態がつづいているが、よくよく考えてみれば、編集の技術や印刷の知識をマスターする絶好のチャンスかもしれない」と考え、週末は編集の専門学校にまで通うようになったのです。

そうした努力が功を奏したのでしょう。編集の仕事の面白さに次第に魅せられるようになり、数年後には、編集や印刷の知識で彼の右にでる者は社内ではいなくなりました。そして、四〇歳のときには周囲の応援も手伝って、脱サラを果たし、編集プロダクションを起こすことに成功するのです。

編集プロダクションといえば出版社や広告代理店といったマスコミ関連の会社にいた人が起こすのが常とされています。その意味からすれば、広報部出身といえども、一般企業のサラリーマンが編集プロダクションを起こすというのは前例のない画期的なことといえるでしょう。

もし、Oさんがイソップ物語のこの話に登場するロバのように、困難に立ち向かおうとせず、仕楽をしようと手を抜くことを考えていたら、編集の専門学校へ通おうとする気も起こらず、仕事の面白さもわからないままでいたでしょう。したがって、今日のライフワークの発展もまずありえなかったといっても過言ではありません。

たしかに、ここまで見事に努力が実を結ぶ例はまれかもしれません。でも、大なり小なり、私たちの人生はこうした困難の連続です。そのときに、どうするか。

困難な事態に直面したとき「これは自分には解決できない」と最初から放棄したり逃避することを考える人と、「これは飛躍・発展のチャンスになるかもしれない、だから挑戦してみよう」と考える人とでは、将来においてまったくちがった人生を歩むことになることだけは、はっきりしています。

準備なしに成功のチャンスはつかめない●イノシシとキツネ

ある春《はる》の晴《は》れた日《ひ》の昼下《ひるさ》がり、イノシシが木《き》の側《そば》でキバを研《と》いでいました。それをみたキツネはイノシシにこういいました。

「イノシシ君《くん》。キミはこんな穏《おだ》やかな日《ひ》にどうしてキバなんか研《と》いでいるんだい？　この辺《へん》には、猟師《りょうし》もいなければ、キミを襲《おそ》おうとする危険《きけん》な敵《てき》だっていやしない。日向《ひなた》ぼっこでもして、のんびり過《す》ごしたら、どうなんだい？」

するとイノシシはキツネに次《つぎ》のように返答《へんとう》したのでした。
「危険《きけん》にさらされたときにキバを研《と》いでいるようじゃあ、遅《おそ》いんだよ。ふだんから準備《じゅんび》をして危険《きけん》に備《そな》えることも大切《たいせつ》なのさ」

イノシシの言葉に、いわんとする意味がすべて集約されているので、詳しい説明は不要でしょう。私なりに言い換えると、「チャンスが到来したとき、それを確実につかむためには、それなりの準備が必要だ」ということになります。

以前、二〇代前半のサラリーマンから、こんな相談を受けたことがありました。
「マーフィーやデール・カーネギーといった人たちが書き著《あらわ》した成功のノウハウを説いた本を片っ端から読破していけば、本当に成功できますか？　また、それらの本のなかには『成功した姿を強く思い描けば、その思いが想念と化して潜在意識に刻印されるため、思い描いたことが現実となる』と書かれてありますが、あれは本当ですか？」

このとき、私は次のように返答した記憶があります。
「想念や潜在意識の働きを活用するのは、成功要素のワン・オブ・ゼム、つまり一部分にしかすぎません。マーフィーやカーネギーの本を読み、実行するだけでは、時間とお金があってもパスポートと航空券がないために海外旅行へいけないのと同じ結果になります。私がいわんとする意味があなたにはおわかりですか？」

「……。パスポートと航空券の意味がよくわかりません……」

「海外旅行を例にたとえたのは、いつでも出国・入国できる準備をしておきなさいという意味です。そのためにはパスポートと航空券が必要不可欠となります。仕事の成功もそれと同じで、いざというときのために準備が必要となってきます。つまり、こうしたいと願ういっぽうで、専門知識を吸収したり、実務に役立つ技術をマスターしたり、特技にいっそうの磨きをかけたり、人脈の強化に努めることが大切で、そういう準備を万端にしてこそ、成功のチャンスを確実につかむことができるようになるのです」

ちなみに、この準備を整えておくという姿勢は、あらゆる事柄をプラスに転化させてくれます。仕事はもちろんのこと、趣味についてもいえそうです。

「いまは忙しくて時間がない。この趣味は定年退職してからはじめよう」と考えず、いまできるものは、なるべくいまのうちからはじめてください。とくに、体力を要する趣味などは、いまやらないと後々後悔する場合もあるので、くれぐれも先送りしないように。参考までにスキューバ・ダイビングを趣味としている知人が私に語ってくれた言葉を紹介しましょう。

「ダイビングのライセンスを四〇歳過ぎに取得しましたが、高血圧症のため医者から一〇メートル以上潜ってはダメだといわれました。ダイビングで体感する異次元ワールドの醍醐《だいご》味《み》は水深一〇メートル以上の世界にあるだけにとても残念です。こうなるんだったら、三〇代の健康でいるときにライセンスを取得しておけばよかった」

運のよい人や成功者とつきあうと幸運が訪れる●ロバを買う男

ある男《おとこ》がロバを買《か》おうとしたのですが、決《き》めかねていたので、ロバの持《も》ち主《ぬし》がこういいました。

「このロバは働《はたら》きものですよ。試《ため》しに二《に》〜三《さん》日《にち》、家《いえ》に連《つ》れ帰《かえ》って、様子《ようす》をみてはいかがでしょう」

男《おとこ》はロバを家《いえ》に連《つ》れて帰《かえ》り、自分《じぶん》が飼《か》っていた数頭《すうとう》のロバと一緒《いっしょ》の柵《さく》に入《い》れました。すると、そのロバはいちばん怠《なま》け者《もの》で大食《おおぐ》いのロバの側《そば》に近《ちか》づいていき、じっとしているではありませんか。

それをみた男《おとこ》は、その日《ひ》のうちにロバを持《も》ち主《ぬし》の所《ところ》へ返《かえ》しにいき、こういいました。

「このロバは怠《なま》け者《もの》で大食《おおぐ》いだから、買《か》うのはやめた。二《に》〜三日《さんにち》様子《ようす》をみる必要《ひつよう》もない。なぜなら、このロバが仲間《なかま》に選《えら》んだロバをみれば、試《ため》さなくてもわかるからね」

この話は「類友の法則」をあらわしていると解釈できなくもありません。つまり、本書の観点からいえば、人生にツキを呼び込み、願望をかなえたり、成功をおさめたければ、自分にとってプラスになる友人や人脈を選ぶ必要があるということです。「朱に交われば赤くなる」という格言があるように、つきあう相手によって自分が感化されるからです。

たとえば、真面目で向学心がある人とつきあえば、多少なりともその影響を受けるものです。音楽好きの友人とつきあえば、あなたも音楽が好きになるかもしれません。また、趣味が同じ人たちと話せば、それだけで盛り上がり、愉快な気分に浸《ひた》れることでしょう。

しかし、問題はマイナスの人たちとのつきあいです。たとえば、誰かの悪口をいいつづけたり、意地悪で悲観的な人たちと、いつも接していたら、影響がまったくないとはいい切れなくなります。「気がついたら、自分も彼らに混じって誰かの悪口をいってた」「最近、家族から性格が悪くなったと注意された」ということが往々にして生じてくるでしょう。

前向きに生きる姿勢を常に保つためにも、自分の人生にとって有益となる人たちとつきあうことをおすすめします。それも、できることなら、運のいい人や他人《ひと》から好かれている人と交友関係を築くとよいでしょう。

運のいい人や人から好かれている人というものは、歩んできた道程に多少のちがいはあっても、性格や考え方の部分においては、「楽観的な性格をしている」「言葉づかいが明るく肯定的である」「他人に親切に振る舞う」など、共通点があります。そうしたことを、彼らに近づくことによって直接学ぶのです。いや、学ぶというよりも、真似をするといったほうが正しいかもしれません。

いずれにせよ、そのように心がけていけば、そのうち性格や考え方が似てくるようになります。そうなればしめたもの。成功へ向けての第一歩がはじまったといっていいでしょう。

でも、なかには「自分のまわりには運のいい人も、人から好かれる人もいない」という人もいるかもしれません。そういう人は人望のある人の書いた本を読んだり、講演を聞きにいくことをおすすめします。また、ちょっと勇気のいることですが、直接コンタクトを求め、話を聞いたり、おつきあいできるように懇願してみるのも手かもしれません。

そして、彼らの言動に、「こういう点は素晴らしいなあ。自分も見習おう」というところがあったら、はじめのうちはウソでもかまわないから、真似をするようにしてください。真似をくり返していけば、次第に、本当にそうなったような気分がしてきます。こうなると、あなたは完全に彼らの仲間入りを果たしたことになるのです。

一時の成功で天狗になると痛い目にあう●蚊とライオン

ある夏《なつ》の昼下《ひるさ》がり、鳥《とり》やシカたちが小川《おがわ》で水《みず》を飲《の》んでいるところにライオンがやってきました。鳥《とり》やシカたちは、怖《こわ》くて、皆《みな》いっせいにその場《ば》から逃《に》げだしてしまったので、ライオンは悠々《ゆうゆう》と水《みず》を飲《の》むことができました。

その様子《ようす》をみていた一匹《いっぴき》の蚊《か》は、ライオンに向《む》かって、こういいました。

「みんなはオマエのことを怖《こわ》がって逃《に》げだしたみたいだけど、オレはオマエなんかちっとも怖《こわ》くない。いつでも相手《あいて》になってやるから、かかってこい」

売《う》り言葉《ことば》に買《か》い言葉《ことば》ではありませんが、激怒《げきど》したライオンは蚊《か》に向《む》かって、「オマエみたいな小《こ》チビは一撃《いちげき》で倒《たお》してやる」と宣言《せんげん》。ライオンと蚊《か》の闘《たたか》いがはじまりました。

しかし、闘《たたか》いは予想外《よそうがい》の展開《てんかい》となりました。先制攻撃《せんせいこうげき》をしかけた蚊《か》が、ライオンの顔《かお》を目《め》がけて飛《と》んでいき、鼻《はな》のまわりをチクチクと刺《さ》しまくったからです。するとライオンといえども、かゆくてたまらず、爪《つめ》で自分《じぶん》の顔《かお》を掻《か》きむしりました。そのため、蚊《か》を退治《たいじ》するどころか、自分《じぶん》で自分《じぶん》の顔《かお》を傷《きず》つけ、かゆいやら痛《いた》いやら大変《たいへん》な思《おも》いをして、とうとう降参《こうさん》してしまったのです。

やがて、ライオンとの闘《たたか》いに勝利《しょうり》をおさめた蚊《か》は、「どうだ」といわんばかりに意気揚々《いきようよう》と引《ひ》き揚《あ》げていったのですが、途中《とちゅう》、注意《ちゅうい》を怠《おこた》ったためクモの巣《す》にかかってしまいました。そして、クモの餌食《えじき》になろうとするとき、こうつぶやいたのです。

「百獣《ひゃくじゅう》の王《おう》といわれるライオンにも負《ま》けないオレさまが、クモごときに捕《と》らえられるとは不覚《ふかく》だった」

プロ野球の世界に「二年目のジンクス」という言葉があります。初年度大活躍した新人選手は翌年スランプに陥《おちい》ったり、ケガに見舞われることが多く、かんばしい成績をおさめることができないという意味からきていますが、新人に限らず、そういう選手は意外と多いようです。

また、相撲界でも、その場所優勝するなどして、大関や横綱に昇進したにもかかわらず、翌場所の成績が散々《さんざん》だったり、ケガで途中休場を余儀なくされたという話をよく見聞きします。

イソップ物語につづき、こんな話をもちだしたのは、ほかでもありません。「何事においても、すこしうまくいったくらいで天狗《てんぐ》になってはいけない」ということをいいたいからです。

世の中には、物事が自分の望む方向にうまく展開したり、一時的に成功したりすると、ついつい傲慢な態度をとったり、調子にのってどんどん先走ろうとする人がいます。

頭では「油断は禁物」とわかっていても、たいていの人は調子のいいときに、自分を過大に評価してしまったり、謙虚さや慎重さを忘れてしまいがちです。みなさんにも思い当たるふしがあるのではないでしょうか。そして痛い目に遭った経験も。

戦国最強の大名とうたわれた武田信玄は、合戦で連戦連勝を重ねるたびに、家臣たちに、こう教え諭したといいます。

「たとえ、敵が小人数であろうとも、そのなかに女・子供・老人が混じっていようとも、強敵・上杉謙信と一戦を交えるつもりで、事に当たれ」

調子が良いときほど、気を抜くと、意外な結末が待ち構えている。自分自身で墓穴を掘ることになる。だから「相手が自分たちより明らかに弱そうに思えても、全力でぶつかれ」ということを、信玄はいいたかったわけです。事あるごとに思いだしたい教訓です。

天は見てないようであなたのことを見ている●ヤギとヤギ飼い

昼寝《ひるね》をしていて寝過《ねす》ごしてしまったヤギ飼《か》いが、あわてて放《はな》していたヤギたちをオリに戻《もど》そうと呼《よ》び寄《よ》せました。しかし、数頭《すうとう》のヤギだけが草《くさ》を食《た》べたりグズグズしていて、ヤギ飼《か》いのいうことを聞《き》きません。腹《はら》を立《た》てたヤギ飼《か》いは石《いし》を投《な》げつけました。

すると、偶然《ぐうぜん》にも一頭《いっとう》のヤギのツノに当《あ》たって折《お》れてしまいました。

びっくりしたヤギ飼《か》いは、そのヤギに向《む》かって、こう懇願《こんがん》しました。

「ごめん、ごめん。痛《いた》くはなかったかい？　このことはご主人様《しゆじんさま》に内緒《ないしよ》にしてほしいんだ。そんなことが知《し》れたら、ボクはどんな仕打《しう》ちを受《う》けるかわからない。それにボクにはキミのツノを折《お》るつもりなんてまったくなかったんだからね」

するど、そのヤギがいいました。

「ボクが黙《だま》っていたって、この折《お》れたツノをみれば、キミの不注意《ふちゆうい》を隠《かく》すことなんてできるわけないさ」


この話を逆説的にとらえれば、次のように解釈できなくもありません。

「天はキチンとあなたをみている。だから、正しい行ないをしていれば、いつかかならず成功や飛躍、発展といったプラスの方向に人生を導いてくれる。逆に正しい行ないをしていなければ、失敗や失望、挫折といったマイナスの方向に人生が傾いてしまう」と。

私たち人間の運命というものは、ふだん、自分たちの気づかないところで、潜在意識によってコントロールされています。潜在意識は人間の思い（想念）を受け入れると、それを善悪問わず、無差別に現象としてあらわそうとする性質を備えているのです。

物事を明るく肯定的に考えつづけ、他人にも愛と善意をもって接してゆけば、ツキを呼び込んだり、願望実現や人生発展のチャンスを招き寄せることができるわけですが、それとは正反対のことを考えつづけたり、他人に悪意をもって接してゆくと、不幸な現象ばかりが続出するようになるのです。

潜在意識の研究においては世界的権威といわれているジョセフ・マーフィー博士が、

「いいことを思えば、いい現象が、悪いことを思えば、悪い現象が起こります」

「あなたの人生はよくも悪くもあなたの思い描いたとおりに展開していきます」

という名言を放った所以《ゆえん》はまさにここにあります。

しかし、そうはいっても、一筋縄ではいかないところが、潜在意識の扱いの難しいところです。なぜなら、「いいことを思えば、いい現象が起こる」ことを期待して、自分なりにプラスの想念をくり返しても、「状況がいっこうに好転しない」「いや、かえって以前よりも悪くなった」と嘆く人が後を絶たないからです。

そういう人たちの問題点を考察すると、イソップの話にでてくるヤギ飼いとよく似た点があります。ヤギ飼いは自らのあやまちでツノを折ってしまったヤギに「自分の罪をご主人様に内緒にしてくれ」と懇願したわけですが、ヤギからすれば「悪い行ないをした人間は一時的に良く取り繕っても、かならずボロがでてしまう」ということをいいたかったわけです。

これを潜在意識の作用に置き換えていうならば、私たちの想念は睡眠中をふくめて四六時中潜在意識に刻み込まれているため、一時的に「成功したい」「人生を発展させたい」「運をよくしたい」とプラスのことを念じても、それ以外の時間、マイナスの感情をもっていたら、潜在意識はそちらの感情を優先的にキャッチしてしまうと解釈できます。

つまり、潜在意識からすれば「この人は一見〝こうなること〟を望んでいるようだが、本心はちがうところにある」と判断せざるをえなくなり、あくまで、その人が常日ごろ考えていることを現象として実現しようとするわけです。

そのためには、日ごろの思い（想念）を常に明るくプラスの状態に保つことが重要になってくるわけですが、夢や願望や生きがいのみを強くイメージすればよいというものではありません。積極的に行動していく姿勢に加えて、日常、ともすれば仕事や人間関係から生じるマイナスの感情、たとえば心配事、恐怖心、失望感、挫折感、劣等感、自己嫌悪感、怒り、嫉妬、憎しみ、グチ、悪口といった感情も最小限におさえる必要があります。

さあ、いまからでも決して遅くはありません。己の不運を嘆く前に、人生が自分の思いどおりにならないとグチをこぼす前に、イソップ物語の教訓を参考に、生き方を少し変えてみようではありませんか。

この章の最後にあたり、マーフィー博士の言葉をつけ加えておきます。

「人間とはその人が一日じゅう考えていることの体現であり、人の一生とは、その人が人生をいかに考えたかなのです」

イソップから学ぶ幸せのヒント⑥

あなたは強い信念をもって生きていますか

夢や願望を描いても、積極的なアクションがなければ、状況はまったく好転しない。「絶対にそうなってやる」「何が何でも現状を変えてみせる」という強い意志と行動力、すなわち行動思考がなければ運命は好転しない。行動思考が強まれば、失敗や困難に見舞われても、希望を捨てず、それを克服しようとする積極的な気持ちが持続できるようになる。

また、問題解決のための素晴らしいアイデアが湧いてきたり、貴重な味方を得るなど、幸運な現象に遭遇する確率が強くなる。さらにまた、信念も揺るがなくなるため、宇宙の法則に基づいて、絶対に不可能だと思われていたことが可能に転じるようになるのである。

行動しない限り夢は絶対に実現しない●ウシ飼いと神様

ある日《ひ》、牛飼《うしか》いが牛《うし》に荷車《にぐるま》を引《ひ》かせながら、山道《やまみち》をタラタラと歩《ある》いていました。ところが、カーブに差《さ》しかかったとき、曲《ま》がりきることができず、車輪《しゃりん》の一部《いちぶ》が道《みち》のくぼみに落《お》ちてしまいました。

しかし、牛飼《うしか》いは、どう対処《たいしょ》していいかわからず、ボケッとつっ立《た》ったままです。しばらくして、

「あっ、そうだ。自分《じぶん》が崇拝《すうはい》している神様《かみさま》にお願《ねが》いして助《たす》けてもらおう」

と神頼《かみだの》みしたところ、神様《かみさま》からこういわれたのでした。

「くぼみに落《お》ちた車輪《しゃりん》をもち上《あ》げ、牛《うし》が前《まえ》に進《すす》むように、突《つ》き棒《ぼう》で突《つ》け。そういう努力《どりょく》をしてから神頼《かみだの》みをするがいい」

この話は「ただ神頼みするだけでは問題は解決しない。自分がやれることはすべてやったうえで天命を待つ姿勢が大切である」ということを意味しているわけですが、同じことは、夢の実現や成功を目指すうえにおいてもいえます。

夢をもったりイメージング（自分の夢や願いをくり返し思い浮かべること）さえ行なえば、潜在意識の導きで、何もしなくとも、願望がかなうようになると錯覚している人がいます。また、読者の興味を引くべく、そういったことを中心に展開している成功法の本も多々あります。しかし、はっきりいって、そんな虫のいい話などありません。

なるほど、鮮明なイメージングをくり返していけば、潜在意識がその人の願望をかなえようと働きはじめるのは本当の話です。しかし、そのいっぽうで、願いを叶えるための行動をしなければ、いつまでたっても、人生はその人の思い描いたとおりには展開していかないのです。

たとえば、私は心理カウンセラーという職業柄、若い女性から恋愛・結婚に関する相談を数多く受けますが、「素敵な男性と巡り会えない」「恋人がなかなかできない」といってくる人たちにたいして、かならずといっていいほど、次のようにアドバイスしています。

「潜在意識のメカニズムを理解し、想念やイメージングを行なうことも大切ですが、いっぽうでカルチャーセンターや趣味の会に積極的に参加するなど、異性がたくさん集まる場所へでかけるようにしてください」

つまり、行動なくして異性との出会いは期待できないのです。そこで、イメージングを行なうだけでなく、出会いのチャンスがつかめるように日ごろから行動思考を高めておく必要があることを指摘しているわけです。もちろん、これは恋愛・結婚に限った話ではありません。ビジネスの成功、良好な人間関係づくり、趣味の充実など、あらゆることにいえるのです。

大きな成果は日々の行動によって得られる●ネコのクビにつける鈴

あるとき、憎《にく》らしいネコがネズミたちの町《まち》を荒《あ》らしまわり、次《つぎ》から次《つぎ》へとネズミたちを襲《おそ》っては餌食《えじき》にしてしまうため、ネズミたちがその対処方法《たいしょほうほう》について話《はな》し合《あ》っていました。ところが、何時間《なんじかん》話《はな》し合《あ》っても、妙案《みょうあん》が浮《う》かびません。

すると、そのとき、長老格《ちょうろうかく》の賢《かしこ》いネズミがこういいました。

「皆《みな》の者《もの》、妙案《みょうあん》がある。問題《もんだい》は足音《あしおと》を立《た》てずに襲《おそ》ってくる、あの歩《ある》き方《かた》だ。あの恐《おそ》ろしいネコがやってくるのを音《おと》でキャッチできれば、事前《じぜん》に逃《に》げることも可能《かのう》になる。そこでだ。小《ちい》さな鈴《すず》をあのネコのクビに、

リボンか何《なに》かでくくりつけてしまう、というのはどうだろう？」

この話《はなし》を聞《き》いたほかのネズミたちは、

「それは素晴《すば》らしい案《あん》だ。さすがに長老《ちょうろう》はいうことがちがう」

と、口々《くちぐち》にほめたたえました。

しかし、一匹《いっぴき》の若《わか》いネズミだけは、こう反論《はんろん》したのです。

「なるほど。長老《ちょうろう》のいうことは、たしかに妙案《みょうあん》かもしれません。でも、いったい誰《だれ》があのネコのクビに鈴《すず》をつけるんです」

若《わか》いネズミのこの一言《ひとこと》で、長老《ちょうろう》ネズミをはじめ、その場《ば》に居合《いあ》わせたネズミ全員《ぜんいん》が、

「オレはイヤだよ」「ボクもイヤ」「私《わたし》も遠慮《えんりょ》します」といいながら、黙《だま》り込《こ》んでしまいました。

「いくら素晴らしいアイデアが浮かんでも、言葉でいくら立派なことをまくしたてても、行動が伴わなければ、一切の成果は期待できない」ということを、この話はあらわしています

なるほど、世の中を見渡すと、政治家に限らず、舌先三寸の人が数多いようです。しかし、当の本人からすれば「言うは易く、行なうは難し」というのが本心なのではないでしょうか。そこで「言うは易く、行なうは難し」から「言うも、行なうも易し」へと自己を変革していくためには、最終目標がどんなに素晴らしいプランであろうとも、そればかりみつめず、そこに到達する過程において派生する問題からクリアしていく必要があります。

別の言い方をすれば、最終目標に至る過程で生じる問題を中期目標、あるいは短期目標という言葉に置き換え、それを段階的に整理・設定してみるのです。そうすれば、当面、何から着手すればよいかが明確となり、「自分だってちょっと頑張ればできるかもしれない」という気持ちになり、自然と行動力もみなぎってくるはずです。

逆にそれをしないでいると（最終目標の内容が広大であったり、多大な困難やリスクを伴うようであればあるほど）、何から手をつけていいのかわからなくなり、けっきょくはこの話に登場するネズミたちのように、何もできずじまいで終わってしまうのです。

そのいい例がダイエットです。たとえば身長一七〇センチ、体重八五キロの人がいきなり標準体重（六五キロ）を目指そうとしたらどうなるか？　二〇キロの減量ということが頭ではわかっていても、いっぽうで多大な苦労（カロリー計算、食事制限、運動量等々）がつきまとう

ことを思うと気が滅入ってしまい、実行力も失せてくるでしょう。

しかし、短期間で標準体重に戻そうなどと考えず、「半年間で五キロ、一年間で一〇キロ、二年間に二〇キロの減量に成功しよう」と考えれば、気が滅入るどころか、前向きに挑戦する気持ちになれるはずです。

人生設計においても、同じことがいえます。くどいようですが、目標は段階的に設定するように心がけ、比較的達成しやすい目標や着手しやすいことから挑むようにしてください。

そして、たとえ小さな目標であっても、クリアできたときの満足感・幸福感を存分に味わうことです。その快感が「この調子で最終目標に向けて頑張ろう」という次なる意欲につながっていくのです。

必死になって事に当たれば道は必ず拓ける●イヌとウサギ

狩《か》りの名手《めいしゅ》として自他《じた》ともに認《みと》めるイヌがおりました。

ある日《ひ》、そのイヌが森《もり》のなかでウサギを追《お》いかけましたが、逃《に》げられてしまいました。

それをみていたヒツジ飼《か》いが、

「あんなにチビなウサギなのに、オマエさんより足《あし》が速《はや》かったんだな」
とからかったので、イヌはこう弁解《べんかい》しました。
「死《し》ぬか生《い》きるかのところで必死《ひっし》になっているときは、ウサギだってヒョウのように素早《すばや》く走《はし》ることがあるのさ」

「火事場のバカぢから」という言葉にもあるように、この話は、必死な思いをもって、無我夢中で事に当たると、自分でもびっくりするほどの力が発揮でき、不可能だと思われていたことが可能に転じていくということを意味しています。ものを追う人と、ものから逃げる人では、走り方がちがうことを、体験的に知っている人も多いでしょう。

知人にこんな人がいました。Tさんとしておきましょう。彼はバブル経済崩壊後、仕事があまりできないうえに覇気《はき》がないという一方的な理由で、二〇年間勤めていた会社をクビになってしまったことがありました。

ところが、Tさんには落ち込んでいる暇などありませんでした。子供が難病にかかってしまい、入院費用を工面しなくてはならなかったからです。そこで、履歴書を山のように書いて面接に奔走《ほんそう》したのですが、何の取り柄もない四〇歳過ぎの男を雇ってくれる会社などそうそうありません。仕方なく、彼はパン屋でアルバイトすることにしました。

「家族を守るためにはどうしても稼がなければならない。そうかといって、いまさら会社勤めも無理だ。短期間でこのパンづくりを覚えて、自分で商売をはじめたい」

せっぱつまった彼は、こう決意し、仕事に取り組んだわけですが、慣れない仕事ということも手伝ってか、サラリーマン生活よりずっとずっと大変な毎日がつづきました。労働は早朝から深夜にまでおよび、同じ失敗をくり返そうものなら、先輩から容赦《ようしゃ》なくどなられます。しかし、妻子を養っていくためには、歯をくいしばって頑張る以外、道はありません。必死の思いで仕事に打ち込んでいると、次第に周囲の目も変わってきました。

そして二年後。彼の事情を知ったオーナーが独立のために骨を折ってくれることになり、とうとう自分の店をもつことになったのです。

ちなみに、その店は彼が必死で覚えた焼き立ての香ばしいクロワッサンが大評判で、いまでは行列ができるほど繁盛しています。収入もサラリーマン時代にくらべて、はるかにアップしたといいます。

じつは、最近、Tさんとお会いしたとき、「成功できた秘訣とは?」と尋ねたところ、こう返答してくれたのがとても印象的でした。

「成功の秘訣なんて考えたこともありません。ただ、私の場合、妻子を養っていくことで精一杯でしたから、『ダメだったらどうしよう』とか『自分には無理かもしれない』なんていうことを考えなかったのがよかったのかもしれません」

つまり、Tさんは崖っぷちに立たされ、後がない状況に追い込まれていたため、「できない」

「不可能だ」ということは一瞬も考えないで、ひたすら無我夢中で行動したからこそ成功できたのです。見方を変えれば、Tさんの心の片隅にそういうネガティブな感情があったら、自分の店をだすことはおろか、パン屋での厳しい修業段階で挫折していたかもしれません。

悪条件のなかで事を起こそうとする場合、「かならず成し遂げてみせる」と強く自己暗示をかけ、「不可能」や「失敗」は一切イメージしないことです。可能性のみをみつめ、そこに向けて一点集中で邁進《まいしん》するのです。そうすれば、思いがけない知恵やアイデアが湧いてきたり、「キミのためなら一切の協力を惜しまない」と救いの手を差し伸べてくれる人があらわれるようになるのです。

絶好のチャンスは絶体絶命から生じることもある●アヒルに間違えられた白鳥

あるお金持《かねも》ちの家《いえ》の池《いけ》に、数羽《すうわ》のアヒルと一羽《いちわ》の白鳥《はくちょう》が飼《か》われていました。

アヒルは食《た》べるためですが、「白鳥《はくちょう》は美《うつく》しい歌《うた》を歌《うた》う」という評判《ひょうばん》を主人《しゅじん》が聞《き》きつけ

て飼《か》われていたのです。

しかし、白鳥《はくちょう》は、この家《いえ》にきてから一度《いちど》も歌《うた》ったことがないので、エサ代《だい》ばかりかかる厄介者《やっかいもの》になっていました。

そんなある日《ひ》の晩《ばん》、主人《しゅじん》が突然《とつぜん》、料理人《りょうりにん》に「アヒルが食《た》べたい」と命《めい》じたので、料《りょう》理人《りにん》は暗闇《くらやみ》のなか、アヒルを捕《つか》まえに池《いけ》にいったのですが、暗《くら》くて区別《くべつ》がつかなかったせいか、間違《まちが》えて白鳥《はくちょう》を捕《と》らえてしまいました。

そして、白鳥《はくちょう》をアヒルだと思《おも》い込《こ》んだ料《りょう》理人《りにん》が絞《し》め殺《ころ》そうとする寸前《すんぜん》のことです。

白鳥《はくちょう》は、

「ついに私《わたし》は殺《ころ》されてしまうのか。それだったら死《し》ぬ前《まえ》に一度《いちど》、歌《うた》を歌《うた》ってみよう」

と思《おも》い、全身《ぜんしん》の力《ちから》をふりしぼって歌《うた》を歌《うた》いました。

その歌声《うたごえ》はたとえようもなく美《うつく》しく、どんな人《ひと》の心《こころ》をも打《う》つような魅力的《みりょくてき》なメロディでした。料理人《りょうりにん》は聞《き》きほれ、思《おも》わず、その場《ば》に立《た》ちつくしてしまいました。間《ま》もなくして、主人《しゅじん》も歌声《うたごえ》に誘《さそ》われるかのように池《いけ》までやってきて、その歌声《うたごえ》に酔《よ》いしれ、こう思《おも》いました。

「素晴《すば》らしい歌《うた》だ。高《たか》いエサを与《あた》えて飼《か》った甲斐《かい》がある」

この件《けん》があって、白鳥《はくちょう》が殺《ころ》されずにすんだのはいうまでもありませんが、以来《いらい》、たくさんの人《ひと》にほめたたえられ、大切《たいせつ》にされながら、幸福《こうふく》に暮《く》らしたといいます。

チャンスというものは誰にでも訪れます。しかし、千載一遇《せんざいいちぐう》のチャンスとなると、一生のうちで数えるほどしかやってきません。

しかも、より重要なのは、チャンス到来という現象は、あくまでもその人間が大きく成長し、飛躍、成功するための〝きっかけ〟であり、物事が円滑にうまくいっている状態を指すのではないということです。いや、むしろ、絶体絶命の状態、危機一髪のピンチといった、一見するとネガティブな現象となってあらわれる場合もあるということを、この話は教えてくれているといえなくもありません。

実際、古今東西の成功者、あるいは偉人と称される人たちは、ほとんど全員といっていいほど、成功のきっかけをつかむ直前に絶体絶命の状態、危機一髪のピンチというものを体験しています。

「航海をつづけてもいっこうに陸地がみえない。このまま進めば地獄に落ちてしまう」といって反乱を起こした船員たちにたいし、「あと三日だけ辛抱してくれ」と懇願し、その直後にアメリカ大陸を発見したコロンブスなどはその典型といえるでしょう。また、日本史に登場するお馴染みの人物たちも、みな、頂点に立つ直前で最大の難関に直面しています。織田信長（桶狭間の合戦）しかり、豊臣秀吉（本能寺の変〜中国大返し）しかり、徳川家康（関ヶ原の合戦）しかり。

松下幸之助、本田宗一郎、稲盛和夫といった後世に名を残す経営者たちも同じです。彼らも成功する前段で絶体絶命の状態、危機一髪のピンチというものを体験し、それを乗り越えた後に活路を拓《ひら》いていることは、みなさんもよくご存じのことでしょう。

順風満帆《じゅんぷうまんぱん》に人生を発展させた人など皆無といっていいでしょう。

だから、あなたが、もし一生懸命行動したにもかかわらず、大ピンチに遭遇し、それまでの努力が水泡に帰してしまいそうな状況に追い込まれたとしても、また、四面楚歌《しめんそか》、孤立無援の状態に立たされ、「限界」の二文字が眼前に浮かんでこようとも、決して希望を捨ててはいけません。

夜明け前がいちばん暗いといわれるように、人生でいちばん苦しいと思うとき、成長、飛躍、成功、あるいは願望成就の寸前にいることを忘れてはいけません。

知恵を絞って努力すれば いつか報われる●カラスと水さし

ノドが渇《かわ》いたカラスが街角《まちかど》で水《みず》さしをみつけだしました。でも、水《みず》さしのなかには水《みず》が三分《さんぶん》の一《いち》ぐらいしか入《はい》っていないため、くちばしが届《とど》かず水《みず》が飲《の》めません。

そこで、カラスは水《みず》さしを傾《かたむ》けて水《みず》を飲《の》もうとしましたが、うまくいきません。

もう、カラスはノドがカラカラでたまらなくなりました。

「目《め》の前《まえ》に水《みず》があるというのに、飲《の》めないなんて悔《くや》しい。でも絶対《ぜったい》に飲《の》んでやる」

こう考《かんが》えたカラスが、ふと地面《じめん》をみると小石《こいし》がたくさんあったので、その小石《こいし》をくわえて水《みず》さしのなかに入《い》れました。

すると、何度《なんど》かくり返《かえ》すうちに、水《みず》の表《ひょう》面《めん》がだんだんと上《あ》がってくるではありませんか。そして、とうとう、カラスはたっぷりと水《みず》を飲《の》むことができたのです。

この話は「知恵を絞れば不可能が可能になる」「無理だとあきらめずに、コツコツと努力を積み重ねていけば、いつか報われるときがやってくる」ということをあらわしています。

私自身の体験を紹介してみたいと思います。

現在、私は一年間に数冊のペースで著書を出版しておりますが、当初は多忙であったことも手伝って、執筆活動をするのに大変な思いをしました。

日中は自分のオフィスで電話や面接等のカウンセリング業務以外に、雑誌コメンテイターや連載原稿の執筆活動などで追われていたため、単行本を執筆する余裕などほとんどなかったからです。また、夜は夜で、自分の主宰する勉強会や趣味のサークルなどの活動に時間を割かれ、帰宅後は心理学、メンタルサイエンス、成功哲学などの研究に従事しなくてはならず、これまた単行本の執筆にまで手がまわりませんでした。さらに土日もオフィスに出勤したり、人と打ち合わせすることが多く、なかなか時間をつくれない状況にありました。

そのため出版社から進行具合を確認されたり、原稿を催促されると、焦ってイライラをつのらせるようになっていたのです。

「これはいかん」と思った私は、一日の活動帯のなかで、「無駄にしているなあ」と思える時間、すなわちロスタイムをみつけ、たとえコマ切れで半端な時間であろうとも、それを単行本の執筆に充てるように心がけました。

つまり、次のようなロスタイムを本を書くために充てたのです。

・自宅からオフィスまでの通勤電車のなか
・駅のホームで電車がくるのを待っているあいだ
・銀行や役所などの順番待ちの時間
・喫茶店で相手がくるのを待っているあいだ
・お風呂のなか（構想のみ。ただし、これは毎日ではない）

また、帰宅後、どんなに疲れていても、一日最低三〇分だけは机に向かい、原稿を作成するように心がけました。

すると、どうでしょう。その気になってやればできるもので、一日平均、原稿用紙二〜三枚（八〇〇〜一二〇〇字）、多い時には四〜五枚（一六〇〇〜二〇〇〇字）程度書けるようになりました。そうした努力が功を奏し、いまでは、かなりのペースで一冊の本を書き上げることができるようになったのです。

さあ、私にできて、あなたにできないはずがありません。一見すると難しく思えるようなことであっても、知恵を絞り、工夫をこらすなどして、日々、コツコツと努力を積み上げていってください。そうすれば、当初予想していたよりも、はるかに簡単にこなせたり、よりビッグなことを成し遂げる可能性が生まれてくるのです。

苦労をしなければ成功も幸せもない●農民と三人の息子たち

老《お》いた農民《のうみん》が臨終《りんじゅう》の床《とこ》で、三人《さんにん》の息子《むすこ》たちを呼《よ》び寄《よ》せ、こう言《い》い残《のこ》して息絶《いきた》えました。

「私《わたし》はもうすぐ死《し》ぬ。そこでオマエたちに遺産《いさん》として畑《はたけ》を分《わ》け与《あた》えよう。じつは、畑《はたけ》に素晴《すば》らしい宝物《たからもの》を隠《かく》しているのだ。その宝物《たからもの》をみつけだし、三人《さんにん》とも幸《しあわ》せになりなさい」

三人《さんにん》の息子《むすこ》は父親《ちちおや》の葬儀《そうぎ》が終《お》わるやいなや、スキやクワを手《て》に、早速《さっそく》、畑《はたけ》を掘《ほ》り返《かえ》しました。しかし、隅《すみ》から隅《すみ》まで掘《ほ》ったにもかかわらず、宝物《たからもの》と呼《よ》べるようなモノは何一《なにひと》つみつかりませんでした。三人《さんにん》の息子《むすこ》たちが大《おお》いに残念《ざんねん》がったのは言《い》うまでもありません。

ところが、しばらくすると、畑《はたけ》からいろいろな穀物《こくもつ》や野菜《やさい》が実《みの》りました。三人《さんにん》の息子《むすこ》たちがせっせと畑《はたけ》を掘《ほ》り返《かえ》したためです。

そのお陰《かげ》で豊作《ほうさく》となり、息子《むすこ》たちは食《た》べるものに不自由《ふじゆう》しなくなりました。そればかりか、労働《ろうどう》の有難《ありがた》さと苦労《くろう》した後《あと》の充実感《じゅうじつかん》や満足感《まんぞくかん》、喜《よろこ》びも感《かん》じることができました。

「そうか。いまになってようやくわかった。お父《とう》さんは、ボクたちに、働《はたら》くことが大《おお》きな宝《たから》物《もの》であるということを教《おし》えてくれたんだ」

三人《さんにん》の息子《むすこ》たちは父親《ちちおや》の言《い》い残《のこ》した言葉《ことば》にあらためて感謝《かんしゃ》し、それ以来《いらい》、苦労《くろう》をいとわない働《はたら》き者《もの》の農民《のうみん》として、幸福《こうふく》に暮《く》らしたといいます。

この話はじつに単純明快です。「苦労なくして成功はありえない」「苦労を体験することが、その人の幸せにつながる」ということを示唆《しさ》しています。イソップもきっと、苦労（体験）を積み重ねていけば、知恵や忍耐力が培《つちか》われ、人間として成長できるようになるということをいいたかったのでしょう。

昨今、苦労や挫折を知らないエリートが、ちょっとしたトラブルやアクシデントに耐えられず自殺をしたり、犯罪を犯したりするニュースが、テレビや新聞などでたびたび取りざたされています。苦労や挫折を一切体験せず、トントン拍子にきた人がひとたび壁に突き当たると、どう対処していいかわからなくなり、現状から逃避しようとしてとってしまう行動であることはいうまでもありません。

その反対に、苦労や挫折を幾度も体験してきた人は、困難に遭遇しようとも、「よーし！　このくらいのことでくじけてたまるか。この壁をかならず乗り越えてみせるぞ」と前向きに心の切り替えができるものです。

また、苦労を知らない人は、他人の気持ちを理解することもできず、薄情でおもしろみのない人と判断され、人望も得られません。人望がなければ、援助や協力をあおぐこともできず、けっきょくは願いを叶えるチャンスや成功のきっかけもつかみそこねてしまいます。

逆に苦労を体験していれば、他人の心の痛みが理解でき、いつ、いかなるときも相手の心情を察し、思いやりの気持ちをもって接していくことができるため、人望が得られます。したがって、ピンチに陥《おちい》ったときでも、誰かしらが救いの手を差し伸べてくれるので、最悪の状態だけは回避できたりするものなのです。

「若いときの苦労は買ってでもせよ」という格言がありますが、まさにそのとおりで、夢や願望の実現、生きがいの創造に関係する苦労は、その人にとって将来へ向けての大きな布石となるのです。

また、苦労を積んでいけば、要領というものがわかってきます。

かくいう私がそうでした。じつは、はじめて本を書いたとき、慣れないせいか、大変な苦労をし、「もう、こりごりだ」と思ったことがありました。

単行本を執筆する場合、ただ原稿を書いていけばいいというものではありません。テーマや全体の流れ（起承転結）を考慮しながら展開していかなくてはならないからです。

しかし、何冊か書き著していくうちに、内容構成や展開方法のコツというものがわかってくるようになりました。自分で書いて読み返してみて、内容が不明確だったり、展開にぎこちなさを感じれば、きっと読者も同じ印象を受けるだろうと読者の立場で考えられるようになってきたからです。

勝負をかける時には強引さも必要だ●オオカミと子ヒツジ

喉《のど》が渇《かわ》いたオオカミが川上《かわかみ》で水《みず》を飲《の》んでいたら、子《こ》ヒツジが川下《かわしも》に立《た》っているのを発見《はっけん》しました。

「お腹《なか》が空《す》いていたからちょうどよかった。よし、あの子《こ》ヒツジを喰《く》ってしまおう」

そう考《かんが》えたオオカミは子《こ》ヒツジに向《む》かって、

「オレさまが飲《の》んでいる水《みず》をどうして汚《よご》すのだ」

と、とんでもない因縁《いんねん》をつけました。しかし、子《こ》ヒツジは、

「私《わたし》は汚《よご》してなんかいません。だって、川《かわ》は川上《かわかみ》にいるあなたのほうから流《なが》れてくるのですから」

と反論《はんろん》。すると、オオカミは子《こ》ヒツジに向《む》かって、今度《こんど》はこう因縁《いんねん》をつけました。

「おまえは半年前《はんとしまえ》にオレのことをバカにしただろう？」

ここでも子《こ》ヒツジは気転《きてん》をきかせ、

「変《へん》ないいがかりをつけないでください。私《わたし》はつい最近生《さいきんう》まれたばかりです」

と反論《はんろん》しました。しかし、けっきょく、

「そうか。おまえじゃないなら、きっとおまえの親父《おやじ》にちがいない」

とやりこめられ、とうとうオオカミに食《た》べられてしまいました。


一般にこの話は「悪い奴はどんな無理も通してしまう」ことをあらわしているといわれていますが、私は次のように解釈してみました。

「『成功や願望達成のチャンスはいましかない』『このチャンスを逃したら一生後悔することになる』と思ったら、ときには強引に進むことも大切である」と。

徳川家康を例にとりましょう。家康は六〇歳を過ぎてから天下を取りましたが、晩年、一つだけ気がかりなことがありました。大坂城にいる豊臣秀吉の息子の秀頼の存在です。

「いまのうちに豊臣家を滅ぼしておかないと、自分が死んだ後、ふたたび、世の中に戦乱が起こるとも限らない」

こう考えた家康は豊臣家を滅ぼすために、いろいろと無理難題を押しつけ、とうとう前代未聞の言いがかりをつけてきました。秀頼が建立《こんりゅう》した寺の鐘に、国の安泰を願って刻まれた「国家安康（こっかあんこう）」の文字が、家康の名前を引き裂き、徳川を呪ったものだとして、徹底服従（大坂城の明け渡し）を要求してきたのです。

けっきょく、この騒動が引き金となり、事態は大坂の陣へと進展、豊臣家滅亡に至るわけですが、私も人生において、ときと場合によってはこれぐらいの強引さが必要なときもあると思います。「いまがチャンス」と直感的に感じたら、周囲の目を気にしたり、失敗したときのことなど考えず、正しく目標達成に向け、全力を傾注《けいちゅう》し、ひたすら邁進です。

人生、前へ進むだけでは息切れする●ウサギとカメ

ある所《ところ》に足《あし》の速《はや》いのが自慢《じまん》のウサギがいました。ウサギはどんな場所《ばしょ》へでも、ピョンピョン跳《は》ねていってしまうので、周囲《しゅうい》にかなう動物《どうぶつ》はおりません。

ある日《ひ》、一匹《いっぴき》のカメがウサギに向《む》かって「ボクと競走《きょうそう》しようよ」と、いってきました。

「キミ、本気《ほんき》かい？　人一倍《ひといちばい》ノロマのくせして、ボクに勝《か》てるとでも思《おも》ってるのかい？　バカなことを考《かん》えるのはよしなよ」

「いや、実際《じっさい》に競走《きょうそう》してみなければ、わからないよ」

「そうか、そこまでいうんだったら、受《う》けて立《た》とうじゃないか。ボクがいかに速《はや》いか思《おも》い知《し》らせてやる」

こうしてウサギとカメのかけっこ競走《きょうそう》がはじまったわけですが、スタートするやいなや、ウサギはものすごいスピードで走《はし》りだしました。そしてゴール間近《まぢか》になり、後《うし》ろを振《ふ》り返《かえ》ると、カメは遥《はる》か遠《とお》くでノロノロと歩《ある》いています。

「あー、バカらしい。これじゃあ、勝負《しょうぶ》にならない。一休《ひとやす》みするか」

こう思《おも》ったウサギは道端《みちばた》に横《よこ》になって一眠《ひとねむ》りすることにしました。しかし、それが勝敗《しょうはい》の分《わ》かれ目《め》となりました。

ウサギが眠《ねむ》っているあいだ、カメはゆっくり進《すす》みながらも、ウサギを追《お》い越《こ》し、とうとうゴールに到達《とうたつ》。奇跡《きせき》の逆転勝利《ぎゃくてんしょうり》をおさめることができたのです。

この話は「真面目にコツコツと努力を積み重ねていけば、大願成就を果たすことができる」「どんなに才能があっても、油断をすると努力する人には勝てない」といったことを意味しているわけです。

Eさんは弁護士になるため司法試験を受けようと勉強をつづけていました。大学時代の成績もトップクラスだったので、先生からは合格間違いないといわれていました。

Eさんはあるとき、友人から有名な霊能者を紹介されました。霊能者はEさんをみて、「あなたはかならず司法試験に合格する」といったのです。それを聞いたEさんは「あの有名な方が未来を予知したのだから一〇〇%合格できる」と確信したのです。

それからの彼は、一年後の試験合格を目指し勉強するのをやめ、遊びはじめたのです。まわりの人は心配したのですが、耳を貸さずスポーツをやったりデートを楽しんだり飲み歩いたりしていました。その結果、一年後の試験で、彼は試験に落ちてしまいました。

大学の先生や霊能者から、たいこばんを押されて自信満々だっただけに、落ち込みようはひどいものでした。その後も精神状態はかんばしくなく、司法試験をあきらめ田舎へ帰ってしまったのです。

どんなに頭が良くて自信があっても、油断をしていれば負けてしまうという好例です。また、霊能者の言葉に頼るなど、もともとの彼の心の弱さがもたらした結果、ということも指摘できます。

さて、それはさておき、私は「ウサギとカメ」の話を、次のようにも解釈しました。

「夢・願望の実現や成功のゴール目指して、ガムシャラに突っ走るばかりが人生じゃない。身体を壊し途中でダウンしようものなら、それまでの努力も、輝かしい未来も、水泡に帰してしまう。だから、カメのようにマイペースで動き、過度に心身を酷使してはならない」

実際、私の身近にもこんな人がいました。Hさんとしておきましょう。

彼は大学卒業後、法律事務所に勤務する傍《かたわ》ら、弁護士の資格取得を目指して日夜猛勉強に励んでいたのですが、晴れて念願かない、弁護士の資格を取った直後に、大きな悲劇に見舞われました。それまでの無理がたたったのでしょう。三〇歳という若さであるにもかかわらず、脳《のう》梗塞《こうそく》で倒れて半身不随となり、一生涯、車椅子の生活を余儀なくされてしまったのです。

最近はようやく平常心を取り戻し、立ち直ったようですが、一時は「オレの人生はこれでおしまいだ」と、それはそれはひどい落ち込みようで、私も声のかけようがないほどでした。

もう一人の知人・Cさんも似たような体験をしています。Cさんは大学卒業後、某大手不動産会社に入社。以来、十数年間、俗にいうエリートコースをつき進んできたのですが、これまたオーバーワークがたたったのか、三五歳のとき、胃潰瘍《いかいよう》でダウンしてしまい、二か月の入院生活を余儀なくされたことがありました。

しかし、会社側はこのアクシデントを「本人の自己管理不行き届き」と決めつけ、マイナスの査定を下し、けっきょくは同期のライバルに課長の椅子を奪われてしまったのです。

これらの話にもあるように、人生、はじめがよければ、終わりもよいとは限りません。もちろん、その逆の場合だってありえます。

だから、前にも話した「いまがチャンス」「ここぞ!」というとき以外は、イソップ物語に登場するカメのように、焦らず、マイペースで無理なく進むことも大切です。要は、いきなり成果をだそうとせずに、自分のできる範囲でコツコツと努力を積み重ねていくのです。そうすれば、一見、困難に思えることであっても、いつしか可能性が生まれ、ついには勝利の美酒を味わうことができるようになるのです。

ところで、いま、「自分はどちらかといえば、跳びはねすぎて疲れてしまったウサギと同じだなあ」と感じている人は、ゆっくりと休息をとるか、余暇を思い切りエンジョイするなどして、心身を労《いたわ》ってあげましょう。趣味やスポーツなどに没頭し、ストレスを発散するのもいいかもしれません。「仕事の事がどうしても頭から離れない」という人は、気分転換を兼ね、思い切って、海外旅行するのも手かもしれません。自分を縛っているものから、心身を解き放ってあげるのです。

このように、激務から解放し、心身を休ませ、心の洗濯をしてあげることも、この大変な人生を生き抜くためには必要なことです。

持久力と忍耐力が、それによって戻るからです。

一代で巨万の富を築いたマイクロソフト社の総帥ビル・ゲイツもこういっています。

「積極的に考え、積極的に行動する人ほど、積極的に遊び、積極的に心身を癒《いや》している。つまり、仕事が充実している人間ほど余暇も充実しているということだ」

また、京セラの創業者である稲盛和夫氏などは、はっきりとこう言い切っています。

「休日出勤してまで、ガムシャラに仕事をしようとする人間より、休暇をキチンととり、余暇をエンジョイする人間のほうを私は評価する。長い目でみた場合、そういう人間のほうが、かならず伸びるからだ」

ヒラメキやカンに従うことを恐れるな●漁師とマグロ

漁師《りょうし》たちが、必死《ひっし》の思《おも》いで魚《さかな》をとりに海《うみ》にでかけました。ある者《もの》は貧《まず》しい上《うえ》に病気《びょうき》の母親《ははおや》の看病《かんびょう》に追《お》われていたり、ある者《もの》は妻《つま》と多《おお》くの子供《こども》を抱《かか》えていたり、ある者《もの》は父親《ちちおや》が莫大《ばくだい》な借金《しゃっきん》を抱《かか》えていたりなど、みな、一生懸命《いっしょうけんめい》働《はたら》かざるをえない事情《じじょう》を抱《かか》えていたからです。

しかし、必死《ひっし》な思《おも》いで魚《さかな》をさがしたにもかかわらず、くる日《ひ》もくる日《ひ》も、魚《さかな》がとれません。

そのうえ、水《みず》や食料《しょくりょう》も底《そこ》を尽《つ》きはじめ、みな、がっくりして引《ひ》き返《かえ》そうとしたとき、信仰深《しんこうぶか》い一人《ひとり》の漁師《りょうし》がこう叫《さけ》びました。

「いま、ふと『東《ひがし》の方角《ほうがく》へ舵《かじ》をとれ』という声《こえ》が聞《き》こえたような気《き》がした。みんな！　このままではどのみち成果《せいか》は得《え》られない。だまされたと思《おも》って、東《ひがし》の方角《ほうがく》へ進《すす》んでみないか？」

この言葉《ことば》にある種《しゅ》の力強《ちからづよ》さを感《かん》じた漁師《りょうし》たちは、引《ひ》き返《かえ》すのをやめ、東《ひがし》へと進《すす》みました。

すると天《てん》の助《たす》けとはよくいったもので、マグロの大群《たいぐん》がクジラか何《なに》かに追《お》われたらしく、水《すい》面《めん》に跳《と》び上《あ》がった拍子《ひょうし》に、船《ふね》のなかに飛《と》び込《こ》んできました。そのお陰《かげ》で、漁師《りょうし》たちはマグロを捕《つか》まえることができ、市場《いちば》でたくさんのお金《かね》と交換《こうかん》することができたのです。

この話から受け取ったメッセージを、私は次のように解釈してみました。

「困難が山積みしていようとも、条件が悪かろうとも、夢（目標）を叶えることを目指して、日々、積極的に考え、行動（努力）していけば、潜在意識がその人の要望に応えようと、種々のシグナルを送ってくれ、状況が好転する方向に誘導してくれる」

もっとかみくだいていえば、その人の想念（願望）を受けとった潜在意識は、その願いを目の前に具体的に実現させようと、その人の頭（心）にヒラメキやカンといったかたちで合図を送り、願望を実現に向けた行動をとるように導いてくれるのです。この話でいえば「東の方角へ舵をとれ」というヒラメキがまさにこれに当てはまります。

そこで、あなたも願望の達成を目指して、行動するうちに、

「急に故郷にいる両親の声が聞きたくなった。電話でもしてみようかなあ」

「久しぶりに高校時代の同級生に会いたくなった。どうしているかなあ」

「急に旅行にいきたくなった」

「どういうわけか、今日に限って、外食がしたい」

などという感情が湧き起こり、それが「どうしても」という強い欲求が伴《ともな》うようなら、「これは潜在意識からのシグナルかもしれない」と、素直にしたがってみてはいかがでしょう。

実際、私の周囲にも、そういう欲求にかられ、素直にしたがったところ、

「友人と一〇年ぶりに再会したら、仕事に役立つ願ってもない情報を提供してくれた」

「南の島へ旅行にいったら、恋人や結婚相手と巡り会うことができた」
という ラッキーな体験をした人たちがたくさんいます。

ところで、ヒラメキやカンは、意識すれば得られるというものではありません。ある日、突然、意外なときに意外な場所で湧き起こったりするものです。

ただし、一般的には、朝目が覚めたとき、お風呂に入ってくつろいでいるとき、電車に揺られながら座席でウトウトしているとき、あるいは仲のいい友人とおしゃべりしている最中など、リラックスしているときにピーンとくる人が多いようなので、そういうリラックス状態の時間帯をなるべく多くつくるように心がけるといいかもしれません。

いずれにせよ、ヒラメキを感じたら、即、行動に移すことがチャンスを呼び込む秘訣です。

中身を磨いてこそ行動も生きてくる●ウマと男

ウマの世話《せわ》をするために雇《やと》われている男《おとこ》がいました。

その男《おとこ》は大《だい》の酒飲《さけの》みで、ある日《ひ》の晩《ばん》、有《あ》り金《がね》を全部《ぜんぶ》はたいて、たらふくお酒《さけ》を飲《の》んでしまいました。一文無《いちもんな》しになった男《おとこ》は次《つぎ》の晩《ばん》もお酒《さけ》が飲《の》みたくなり、とうとうウマのエサである大麦《おおむぎ》まで売《う》って、お金《かね》に替《か》えて飲《の》んでしまいました。

しかし、その次《つぎ》の日《ひ》、男《おとこ》を雇《やと》っている主人《しゅじん》がウマの様子《ようす》をみにくることになったため、男《おとこ》はせっせとウマにブラシをかけました。それをみたウマは、男《おとこ》にこうイヤミをいいました。

「ボクを本当《ほんとう》に毛並《けな》みの良《よ》い立派《りっぱ》なウマにみせたかったら、二度《にど》とエサを売《う》らないでくれよな。ロクにエサもよこさず、毛並《けな》みの良《よ》い立派《りっぱ》なウマもヘチマもあったものじゃない」


この話は「外見ばかり取り繕《つくろ》っても、中身を磨かなければ意味がない」「中身を磨かなければ、行動して一時的にうまくいったとしても、いつか墓穴を掘ることになる」ということを示唆しています。

現代社会に置き換えていうと、ただ、やみくもに行動するだけではなく、惜しみなく努力したり、知性や教養を培っておく必要があるということです。

たとえば、仕事に役立つ技術や知識の習得を怠《おこた》っている人が、身だしなみだけ整えて面接にいき、運良く面接官に好印象を与え、採用されたとしても、職場に適応できず、最悪の場合、退職に追い込まれることになりかねません。

この理屈は仕事のみならず、恋愛や結婚にも当てはめて考えることができます。ブランド品を身につけるなどして、どんなにおめかししても、言葉づかいが乱暴だったり、知性や教養のかけらもなければ、早晩、相手は遠ざかってしまうものです。

二〇歳の会社員のA子さんは、「ハンサムで、頭も良くて、お金持ちのエリート」というのが恋人にたいする条件で、彼女自身も「理想の男性の心を射止めるためには、美人でなければならない」と考え、外見ばかり気にしていました。そして、あるとき、A子さんはお見合いパーティでとうとう理想の男性（Fさん）と知り合い、デートの約束までこぎつけることができたのですが、肝心のデートで彼の心を自分に向けることはできなかったのです。

というのも、A子さんの関心はといえば、ブランドものの服の話や、テレビのトレンディドラマの話ばかり。いっぽう、彼のほうは、哲学的な人で、映画の話にしろ、小説の話にしろ、その奥に書かれた〝人間〟に興味があったのです。最初は畑のちがう話を楽しく聞いていた彼は、二度目のデートの約束も喜んでしましたが、これが二度、三度とつづくと、何かもの足りないものを感じてきたのです。けっきょくA子さんはふられてしまいました。色仕かけ、とまではいかないまでも、女性の魅力で彼を射止めようとしたA子さんの思惑は外れました。

いろいろなパターンはありますが、この手の話はよく聞く話です。恋愛を育《はぐく》む過程において、知性や教養は必要不可欠とまではいいませんが、少なくとも会話がかみあうだけの最低限の常識だけは身につけておく必要があるでしょう。

良好な人間関係や人脈を築く場合においても同じことがいえます。ただ、やみくもにパーティなどに出席して、名刺を配り、自己PRに努めれば、人脈がつくれるかと思ったら、それは勘違いもいいところです。

自分に共感してくれる仲間を得たいなら、まず相手を思いやったり、相手の立場でモノを考える姿勢が重要で、そういう共感能力を強化するなど内面を磨いてこそ、あなたの周りにより多くの人たちが集まるようになるのです。

動かずに後悔することほど愚かなことはない●守銭奴

〝守銭奴《しゅせんど》〟と呼《よ》ばれる、どケチで有名《ゆうめい》な人《ひと》がある町《まち》に住《す》んでいました。守銭奴《しゅせんど》は自分《じぶん》の財産《ざいさん》が泥棒《どろぼう》に狙《ねら》われ盗《ぬす》まれたり、地震《じしん》や火事《かじ》などの災害《さいがい》で失《うしな》うことをひどく心配《しんぱい》し、ある妙案《みょうあん》を思《おも》いつきました。全財産《ぜんざいさん》を金《かね》に換《か》え、森《もり》のなかに埋《う》めてしまったのです。

しかし、守銭奴《しゅせんど》は金《かね》のことが気《き》になり、始終《しじゅう》、確《たし》かめにいっては安心《あんしん》するという日々《ひび》を送《おく》っていました。ところが、ある日《ひ》、彼《かれ》が森《もり》のなかにひんぱんにいくことに疑《うたが》いを抱《いだ》いたある男《おとこ》が、彼《かれ》のあとをつけ、彼《かれ》がいなくなった後《あと》で金《かね》を掘《ほ》り起《お》こし、せしめてしまいました。

守銭奴《しゅせんど》が翌日《よくじつ》、いつものように金《かね》を確認《かくにん》にくると、金《かね》はありません。守銭奴《しゅせんど》は、非常《ひじょう》に悲《かな》しみ泣《な》き叫《さけ》んだのでした。

その様子《ようす》をみた一人《ひとり》の賢者《けんじゃ》が、守銭奴《しゅせんど》に向《む》かってこういいました。

「悲《かな》しむことなどない。金《かね》があったときだってケチをして使《つか》わなかったのだから、無《な》くなっても生活《せいかつ》はまったく変《か》わらないじゃないか」

この話は「どんなに素晴らしいモノをもっていても、宝の持ち腐れでは意味がない」ということを説き明かしているともいえます。私はこの話にでてくる「金」を、あえて「行動」という言葉に置き換え、次のように解釈させていただきました。

「行動すれば確実に現状は変えられるが、行動しない限り現状は変えられない」と。

私の知り合いに、二九歳でそれまで勤めていた居酒屋を辞め、自分の店をだした人がいました。Nさんとしておきましょう。Nさんは、一八歳のときに板前の世界に入り、一〇年以上も修業を積んできたので、料理の腕には多少の自信もあったようなのですが、いざオープンするや閑古鳥《かんこどり》が鳴く状態がつづき、けっきょく、二年足らずで店をたたんでしまいました。

これを知ったかつての同僚たちは、「そらみたことか。商売はそんなに甘くない」「あんな若造に店の経営など無理に決まっている」と、Nさんを散々ののしりました。

なるほど、ふつうの人でしたら、周囲の言葉に惑わされ、へこんでしまったかもしれません。でも、Nさんはちがいました。今回の失敗を真摯《しんし》に受け止め、「同じあやまちをくり返さないようにするためには、今後、どう対処していけばいいのか?」「お客が入らない問題点は、いったいどこにあったか?」などとじっくり考えた末、次のような結論にいきついたのです。「料理のアイテムは多ければいいというものではない。一品だけでもいいから、その店ならではの自慢料理を考案する必要がある。他店にはない個性豊かな味を追求しよう」

こう悟ったNさんは、今度はイタリア料理店で三年間修業を積み、三五歳のとき、再度、和食とイタリア料理を合体させたユニークな居酒屋をオープンさせたのです。

その結果、店は大繁盛。「行列のできる店」としてマスコミでもたびたびとり上げられるようになり、今日に至るわけですが、この話から一つの大きな教訓が得られると思います。

それは、「行動しなければ失敗体験を味わわずに済むが、失敗体験がなければ、成功体験もまた味わえない」ということです。もし、Nさんが他の同僚たちと同じような考えで事を起こさなければ、少なくとも、最初の失敗体験は味わわずに済んだかもしれません。しかし、それは同時に和食とイタリア料理を合体させた居酒屋の誕生、すなわちNさんの成功体験もありえなかったことを意味しています。

同じことは、誰にでもいえます。「失敗は何事かを成し遂げる過程でかならず起こることであり、ある意味では必然的な現象」といえます。

それを恐れ、後になって「ああ、あのとき、こうしておけばよかった」と大いに後悔するか、それとも失敗から多くのことを学びとり、新たに工夫した方法で成功や自己実現を果たしていくか、あなたならどちらの人生を選びますか？　どちらの人生に価値があると思いますか？　どちらの人生に幸福の芽が潜んでいると思いますか？

さらに幸せな人生を歩むために◉あとがきにかえて

「いかにすれば仕事で成功をおさめることができるか？」

「どうすれば夢や願望を実現させることができるか？」

「運勢を好転させ、ツキを呼び込むためには、どう考え、行動するべきか？」

私のもとに数多く寄せられる相談を、分析・研究した結果、ある結論に至りました。

その結論は、本書のさまざまな場面で、イソップ物語と現代における実例をもとに、お話ししてきましたが、最後にもう一度、わかりやすく要約しておきます。

●人生（運命）の善し悪しというものは、その人の心の状態によって決定する。
●なぜなら、人間の心の奥底にある潜在意識には、想念を受け入れると、それをさまざまな現象として引き起こす性質があるからである。
●ただし、幸福や成功といった良い現象のみを実現させたいのならば、常に次のような六つの心、考え方で日々を過ごす必要がある。
①相手の立場でモノを考える心。思いやり、共感能力等。〈尊重思考〉

②人に喜びを与えようとする心。愛情、善意等。〈喜与思考〉
③どんなことでもプラスに考える心。〈楽観思考〉
④自分自身を大切にする心。快適に生きようとする気持ち。〈快生思考〉
⑤現状に満足することなく夢や願望を持つ心。または、生きがいを創造しようとする気持ち。向上心・探究心等。〈上昇思考〉
⑥願望達成や生きがいの創造に向けて、積極的に考え、行動しようとする心。情熱・信念等。〈行動思考〉

この六つの心で生きていけば、それに比例してあらゆることがポジティブな状態となります。そうすれば、誰もが確実に幸福と成功を呼び込むことができ、自分の思い描いた通りの人生が歩めるようになるというのが、私が行き着いた結論なのです。

本書を読むことによって、読者のみなさんが、すこしでも幸せになっていただければ、幸いに思います。なお、本書で紹介したイソップ物語は、私が子供のころから見聞きしてきたお話に、左記の本も参考にさせていただきながら、構成しました。

イソップ寓話集（岩波文庫）中務哲郎訳／イソップのお話（岩波少年文庫）河野与一編訳／イソップ寓話集（セーラー出版）バーバラ・ベイダー＝いずみちほこ訳／他

植西 聰 うえにし・あきら
東京都生まれ。厚生労働省認定の産業カウンセラー。学習院大学にて、主に産業・経営心理学を研究。資生堂勤務を経て、「成功哲学」「実用心理学」の研究・執筆を行うウィーグル研究所を設立。現在、夢をもつこと、喜びを感じることを基本にした独自の「成心学」理論を確立し、その学説のもとにカウンセリングや出版活動を行っている。
著書には、『愛する人と結ばれる法則』『恥をかかない○×会話術』『言いにくいことをズバリいう法』などがある。

ヘタな人生論より
イソップ物語

二〇〇一年六月五日　初版発行
二〇〇一年七月五日　3刷発行

著　者――植西　聰
発行者――若森繁男
発行所――株式会社河出書房新社
東京都渋谷区千駄ヶ谷二-三二-二　郵便番号一五一-〇〇五一
電話（〇三）三四〇四-一二〇一（営業）
http://www.kawade.co.jp/
企画・編集――株式会社夢の設計社
東京都新宿区山吹町二六一　郵便番号一六二-〇八〇一
電話（〇三）三二六七-七八五一（編集）
印刷・製本――中央精版印刷株式会社
ISBN4-309-24244-8 Printed in Japan

河出書房新社

涙が出るほどいい話第一～五集

「小さな親切」運動本部

苦しいとき、悲しいとき、人の思いやりに勇気づけられる。だれもが持っている〝温かさ、清らかさ〟を再認識させてくれる感動の書。

彩花《あやか》へ――「生きる力」をありがとう

山下京子

神戸少年事件で逝った彩花ちゃんの母が綴った、生と死の感動の真実。母が悲しみの彼方に見出した〝絶望を希望にかえる力〟とは。

彩花《あやか》へ、ふたたび――あなたがいてくれるから

山下京子

1000通を超す読者からの涙と共感の手紙への返信として、また、「生と死」をさらに深く見つめるために綴られた、感動の第2弾。

脳死移植 いまこそ考えるべきこと

高知新聞社会部「脳死移植」取材班

街中に氾濫するドナーカード、山積の諸問題。いまこそ考えるべき「生と死」のあり方を問う「日本ジャーナリスト会議賞」受賞の渾身作！

七重《ななえ》、光をありがとう

伊藤邦明

事故で失明した夫を絶望の淵から立ち上がらせた妻の愛と献身。二人三脚でいまを生き抜き写真を撮り続ける〝感動の夫婦愛〟。

親の悩み方 子育ては自分育てから

落合恵子

子どもの心がわからなくなったら…子どもとそして自分自身とじっくり向き合ってみよう。親であることがすこーし楽になってきます。

あぁ、ター君は生きていた

吉川隆三

15年もの間、苦悶の日々を過ごさなければならなかったドナー家族の心情が明かされる、感動の手記。作家・柳田邦男氏も絶賛！